로크미디어가
유혹하는
재미있는 세상

ROK
MEDIA
로크미디어

개혁군주

개혁 군주 6

2022년 5월 17일 초판 1쇄 인쇄
2022년 5월 20일 초판 1쇄 발행

지은이 이윤규
발행인 김정수 강준규

기획 이기헌 왕소현 박경무 강민구
책임편집 최전경
마케팅지원 이원선

발행처 (주)로크미디어
출판등록 2003년 3월 24일
주소 서울시 마포구 성암로 330 DMC첨단산업센터 318호
Tel (02)3273-5135 **편집** 070-7863-8592 **Fax** (02)3273-5134
홈페이지 rokmedia.com **E-mail** rokmedia@empas.com

© 이윤규, 2022

값 8,000원

ISBN 979-11-354-7373-9 (6권)
ISBN 979-11-354-7367-8 04810 (세트)

ROK
MEDIA
로크미디어

개혁군주

이윤규 대체역사 소설 ⟨6⟩

|국혼|

차례

비원   7

음모의 밤   37

끝까지 기다리다   71

발본색원   103

국혼   133

거침이 없어졌다   165

미래를 위한 계획   197

청국 특사   231

절묘한 해결책   261

비원

기생어미가 안내한 곳은 별채였다.

"영감께서 오시면 늘 머무르던 별채이옵니다."

"그렇구나. 오랜만에 찾았는데도 잊지 않고 기억하고 있었구나."

"별말씀을 다 하시옵니다. 다른 분도 아니고 영감께서 머물렀던 곳인데, 당연히 기억해야지요."

입속의 혀 같은 기생어미의 말에 김관주의 입꼬리가 절로 올라갔다.

"허허허! 고마운 말이구나."

"들어가시지요, 영감."

"그러세."

두 사람이 방으로 안내되자 곧바로 술상이 들어왔다.

기생어미가 두 사람의 잔에 술을 따르며 확인했다.

"오늘은 어떤 아이를 들여보낼까요?"

"자네가 알아서 들여보내게."

"알겠사옵니다."

"그 전에, 며칠 전에 기방에 몸을 의탁한 자를 만나 보고 싶은데 불러 주겠나?"

"며칠 전이라면…… 아! 북한산에서 내려온 장손이 말이옵니까?"

"장손?"

이름이 달랐기에 김관주가 고개를 갸웃했다.

그러자 김인주가 서둘러 나섰다.

"우리가 이름을 잘 몰랐을 수가 있으니 그 청년을 불러 주시게."

"예, 나리."

기생어미가 나가고 얼마 지나지 않아 밖에서 헛기침 소리가 들렸다.

"험! 소인을 찾으셨다고 해서 왔사옵니다."

"안으로 들라."

"예, 나리."

대답과 함께 청년이 방으로 들어왔다.

김관주는 청년을 보는 순간 구선복의 아들임을 바로 알아봤

개혁군주

다. 그 정도로 청년의 모습은 구선복과 너무도 닮은꼴이었다.

김인주가 입을 열었다.

"인사드리도록 하라. 여기 계신 분은 나와는 재종(再從)간인 김관주 영감이시다."

청년이 공손히 큰절을 올렸다.

"인사드리옵니다. 소인은 구가 장겸이라 하옵니다."

구장겸의 인상이 강했다.

거기다 몸도 쇠뭉치처럼 단단해서 풍기는 위압감이 상당했다. 그런 그가 진심을 담아 큰절을 하니 절로 고개가 끄덕여졌다.

"아우가 왜 만나 보라는지 이해가 되는구나."

"보기만 해도 여느 사람과 달라 보이지요?"

"그래. 구 대장이 변을 당하지 않았다면 분명 좋은 장수가 되었을 거 같구나."

"맞습니다. 무과는 서얼도 응시가 가능하니 분명 구 대장의 뒤를 이을 재목이 되었을 겁니다."

두 사람의 격찬을 들었음에도 구장겸은 고개조차 들지 않았다.

김관주가 질문했다.

"무예는 익혔느냐?"

"예. 노스님께서 소인을 어여삐 여기셔서 어렸을 때부터 산중 무술을 익혔사옵니다. 그래서 장정 너덧은 능히 상대할 자신이 있사옵니다."

"다행이구나. 그런데 아우로부터 도와 달라는 말을 들었다. 맞느냐?"

"그렇사옵니다."

"일부러 우리를 찾아온 건 예삿일이 아닐 거 같은데. 어떻게 우리를 콕 집어 찾아온 게냐?"

"두 분께서 왕대비 마마의 친인이면서 벽파의 중추란 말을 들었사옵니다."

김관주가 인정했다.

"네 말은 맞다. 그런데 우리에게 무슨 도움을 받으려고 하는 것이냐?"

"소인은 선친의 복수를 하고 싶사옵니다."

김관주의 눈이 더없이 커졌다.

"복수? 지금 복수라고 했느냐?"

"예, 나리. 얼마 전 저를 돌봐 주던 노복이 세상을 떴사옵니다. 그 노복에게 아버지께서 억울하게 돌아가신 사정을 들었사옵니다. 소인이 아무리 서자라고 해도 부모의 원수를 갚는 것이 인지상정 아니겠습니까? 도와주십시오, 영감."

구장겸이 고개를 들어 김관주를 바라봤다. 놀랍게도 그런 그의 눈에서 파랗게 독기가 피어오르고 있었다.

그것을 본 김인주가 호통쳤다.

"지금 무엇을 하는 게냐? 도움을 주실 우리 형님을 감히 그런 불손한 눈빛으로 바라보다니. 네가 정녕 정신이 있는 놈이더냐!"

구장겸이 급히 부복했다.

"송구하옵니다. 억울하게 돌아가신 선친을 생각하다 보니 갑자기 분노가 치밀어 올랐을 뿐이옵니다. 절대 영감마님을 보고 그런 것이 아니옵니다."

"아무리 그래도 그렇지……."

김관주가 손을 들었다.

"그만 되었다. 억울하게 돌아가신 부친을 생각하다 보면 충분히 그럴 만하다. 그러니 더 이상 시비곡절 가리지 마라."

"……예, 형님."

김관주가 구장겸을 바라봤다.

"20여 년 전과 지금의 나라 사정이 얼마나 많이 바뀌었는지 알고는 있느냐?"

"산에 있어서 많이는 모르옵니다. 허나 바뀌었다고 해도 사람은 그대로 아니겠습니까?"

김관주가 고개를 저었다.

"그렇지 않다. 네 부친이 살아 계셨을 때만 해도 우리 벽파의 세상이었다. 국왕 시해 사건조차 우리 마음대로 정리할 정도로 말이다. 그러나 지금은 그런 벽파가 어디 갔는지 찾기조차 어렵게 되었다."

구장겸이 눈을 크게 떴다.

"모두 변절했다는 말씀이옵니까?"

이글거리는 구장겸의 눈빛에 김관주는 등골이 서늘해졌다. 그러나 그도 산전수전 다 겪은 터여서, 겉으로는 일체 내색하지 않았다.

"자네 부친이 병권을 장악하고 있을 때가 좋았다. 그때는 가만히 있어도 당여가 늘었었다. 그러나 지금은 사정이 많이 달라졌다."

이어서 그동안의 사정을 설명했다.

그 말을 들은 구장겸의 눈이 더 이글거렸다.

"배신자를 그대로 놔둔다는 건 있을 수 없는 일이옵니다. 영감께서 꼭 손을 봐 줘야겠다고 생각한 자가 있으면 말씀해 주십시오. 쥐도 새도 모르게 소인이 처리해 드리겠사옵니다."

김관주가 고개를 저었다.

"모두 쓸데없는 일이다. 이미 마음이 떠난 자들을 붙잡는다고 해서 달라질 건 없다. 오히려 남은 우리만 추해질 뿐이다."

"그러면 복수는 오직 하나뿐입니다."

"하나라니?"

"나라를 완전히 뒤집어 놓는 것입니다. 그러기 위해서 소인이 몸을 던져 국왕이나 세자 중 한 사람을 시해하겠사옵니다."

김관주의 눈이 찢어질 듯 커졌다.

그런 그가 호통쳤다.

"네 이놈! 지금 무슨 말을 하는 거냐?"

구장겸도 지지 않았다. 그는 다시 부복하며 자신의 생각을 밝혔다.

"영감, 저는 죽기를 각오한 몸입니다. 아니, 20여 년 전 이미 죽은 것이나 다름없습니다. 그런 제가 무엇을 못하겠습니까? 영감께서도 아시겠지만, 공노비가 해방되었어도 저의 일가는 누구도 풀려나지 못했사옵니다."

"그거야 3대 이전의 역적 자손은 해방에서 제외되었기 때문이어서 그렇다."

"예. 그러니 소인이 무엇을 할 수 있겠사옵니까? 지금까지도 비참했지만 남은 생은 더 비참할 뿐이옵니다. 그렇게 살아갈 바에야 세상을 뒤집어 놓겠사옵니다. 영감께서는 이런 소인을 부디 최고의 칼로 써 주시기 바랍니다."

김관주가 고개를 저었다.

"어려운 일이다. 말처럼만 되면 세상에 안 될 게 무엇이 있겠느냐?"

구장겸이 거듭 몸을 숙였다.

"영감께서는 소인이 한을 풀 수 있는 기회만 알려 주시면 되옵니다. 나머지는 소인이 알아서 하겠사옵니다."

"알아서 하겠다고?"

"그러하옵니다. 저로 인해 문제가 되는 일은 절대 없을 것이옵니다."

구미가 당기는 말이었다. 그러나 김관주는 헛웃음을 지으며 관심이 없는 척했다.

"허허! 말로는 무엇을 못할까."

"그렇지 않사옵니다. 영감과 소인은 오늘 이후 만날 일이 없을 것이옵니다. 오늘의 만남도 영감께서 기생어미를 단속한다면 말이 번져 나가는 일은 결코 없을 것이옵니다."

"우리 만남을 아예 없는 것으로 하자?"

"그러하옵니다. 그래야 나중에라도 문제가 없을 것이옵니다."

김관주가 서둘러 정리했다.

"좋다. 네 생각은 충분히 알았으니 오늘은 그만 물러가도록 하라."

대놓고 승낙은 하지 않았다.

그러나 충분한 답을 들었다고 판단한 구장겸의 목소리가 밝았다.

"그렇게 하겠사옵니다. 보중하시옵소서."

구장겸이 큰절을 하고서 방을 나갔다.

김인주가 입을 열려고 하자 김관주가 제지했다.

"오늘은 그만하자. 술자리에 말이 오가다 보면 공연한 실수가 있기 마련이다. 그러니 내일 집에서 다시 논의하자."

"예, 형님."

김관주는 기생어미를 불러 특별 당부와 경고까지 했다. 위협을 당한 기생어미는 비밀을 지킬 것을 몇 번이고 약속했다.

그리고 술자리가 이어졌다.

개혁군주

이런저런 일로 신경을 쓰느라 기방 출입도 한동안 자중해 왔었다. 그러다 모처럼 찾은 기방인 탓에 두 사람은 이날 대취해서 돌아갔다.

❁

다음 날.

기방의 하루는 늦게 시작한다. 그런 광통방의 기방을 가장 먼저 찾는 사람들은 고기와 채소 등을 대 주는 상인들이었다.

기생어미는 기방에 들어오는 물건을 점고해야 했다. 그래서 일찍 일어나서 직접 마당에 나가 물품의 품질을 검수하고 물량을 확인했다.

그런 기생어미에게 사내가 다가와 인사를 했다.

"안녕하셨습니까, 아씨마님."

기생어미라고 불리어도 실질적인 나이가 많지 않았다. 그래서 기방 일을 하는 사람들은 누구나 그녀를 아씨마님이라 높여 부르고 있었다.

"그대는 누군가?"

"이번에 푸줏간에서 일을 시작한 정윤성이라고 하옵니다."

"그래? 그러면 앞으로 자네가 고기를 가져오게 되나?"

"예, 맞습니다요. 어떻게 고기는 마음에 드셨습니까?"

기생어미가 흡족해했다.

"칠성이네 푸줏간 고기는 늘 믿을 만하지. 오늘도 육질이 아주 좋았네."

"감사합니다. 그런데 아씨마님께 따로 전해 드릴 말이 있는데, 잠시 짬을 내주실 수 있는지요?"

기생어미는 묘한 느낌을 받았다. 천한 백정 일을 도와주는 사람치고는 너무도 당당했기 때문이다.

기생어미의 눈꼬리가 올라갔다.

"무슨 일인데 나를 따로 보자는 거지?"

"절대 아씨마님께 해가 되지 않을 것이옵니다. 그리고 시간도 얼마 걸리지 않을 것이옵니다."

순간 기생어미의 머릿속이 복잡하게 돌아갔다.

"중요한 일이더냐?"

"그러하옵니다."

"남들이 알아서 좋을 건 없겠지?"

"물론이옵니다."

기생어미의 촉이 번쩍했다.

그녀가 손을 들어 지시했다.

"저기 있는 저 고기를 들고 나를 따라와라."

"예, 아씨마님."

푸줏간 사내가 오늘 들어온 고기 중 좋은 부위를 들었다. 그것을 본 기생어미가 몸을 돌리자 사내가 그 뒤를 따랐다.

너무도 자연스러운 두 사람의 모습에 일을 하던 사람들도 그러려니 했다. 주변에서 일손을 돕고 있던 장손도 이는 마찬가지였다.

기생어미는 사내를 자신의 별채 전각으로 데리고 갔다. 그녀는 일을 하던 하녀를 가리켰다.

"고기를 저 아이에게 주고 안으로 들어와라."

"예, 아씨마님."

방으로 들어간 기생어미가 앉으며 물었다.

"그래, 무엇 때문에 시간을 내 달라고 한 것이냐?"

사내는 앉으라는 말도 하지 않았는데도 서슴없이 좌정했다.

그런 모습을 본 기생어미가 호통을 치려 하다 흠칫했다. 사내에게서 풍기는 자세가 조금 전과 너무도 달라졌기 때문이다.

기생어미의 목소리가 대번에 달라졌다.

"그대는 누구요?"

사내가 피식 웃었다.

"역시 많은 사람을 상대해 본 사람이라 보는 눈이 다르구려. 소개하겠소. 나는 세자 저하를 은밀히 모시고 있는 익위사의 무관이오."

세자를 은밀히 모신다는 말에 기생어미의 안색이 대번에 굳어졌다. 그런 그녀의 머릿속에 순간적으로 떠오르는 단어가 있었다.

"비원(秘院)."

세자는 군의 정보조직을 정보부대로 재편하면서 익위사의

비밀 조직도 정규 조직화했다. 그렇게 해서 만든 조직이 비원이다.

비원은 점조직으로 되어 있었다. 그래서 보통 사람이라면 비원이 있다는 사실조차 몰랐다.

익위사 무관이 싱긋 웃었다.

"역시 광통방의 기방을 운영하는 분이어서 정보가 빠르네. 맞소. 나는 비원에 소속되어 있소."

기생어미의 이마에 식은땀이 뱄다. 그녀가 떨리는 목소리로 질문했다.

"비원의 무관께서 소인의 집에는 어인 행차시옵니까?"

"어제 김관주 영감과 재종인 김인주가 찾아오지 않았소?"

"그, 그렇기는 하옵니다만."

비원의 무관의 눈이 빛났다.

"그들이 무슨 말을 주고받았는지 알고 싶어서 이렇게 찾아왔소. 그러니 알고 있는 사실을 숨김없이 말해 주셨으면 고맙겠소이다."

분명 부탁의 말이었다.

그러나 전날의 경고를 떠올린 기생어미는 가슴이 덜컥 내려앉았다. 그러나 겉으로는 조금도 티를 내지 않았다.

그녀가 고개를 저었다.

"송구하지만 따로 말씀을 드릴 정도의 일은 없었습니다."

기생어미는 자신이 표를 전혀 내지 않았다고 생각했다. 그러나 비원 무관의 눈에는 미묘하게 변했던 그녀의 표정이 고스란히 잡혔다.

그럼에도 대놓고 추궁하지 않았다. 그 대신 실망한 표정을 지으며 무척 아쉬워했다.

"아! 그랬구려."

이러니 오히려 기생어미가 궁금해졌다.

"왜요? 무슨 문제가 있는 건가요?"

비원 무관의 목소리가 진중해졌다.

"세자 저하께서 개혁을 이끄시는 건 잘 알고 있을 거요."

"물론이지요. 소인이 기방을 운영하고 있어도 나라 돌아가는 것 정도는 알고 있사옵니다."

"하하! 별말을 다 하는구려. 광통방의 기방이 조선의 모든 정보가 모이는 곳이란 걸 세상이 다 아는 사실 아니오."

"정보가 모이기는 하지요."

"그러면 내가 왜 김관주 영감 형제의 일로 찾아왔는지도 잘 알겠구려."

기생어미의 대답이 거침없었다.

"두 분이 강성 벽파의 대표여서 그렇겠네요."

"그렇소이다. 두 사람은 세자 저하께서 추진하시는 개혁 정책을 누구보다 반대하고 있소이다. 그대도 알고 있겠지만 내년에는 지방행정이 개편되고, 후년에는 노비 해방, 그리고 그 다음해는 군역 제도가 전면 개혁될 거요. 이런 개혁이 제대로 진행되어야 나 같은 서출이나 일반 백성들에게 새로운 세상이 열리는 거요. 그런데 그런 개혁을 저들이 막으려 하고 있으니 문제요."

"아! 무관께서도 서출이셨군요."

"그렇소이다. 혹시 그대도 그런 거요?"

기생어미가 쓸쓸한 표정을 지었다.

"예. 소인도 참판 나리의 피를 받았지만, 어미가 기생이어서 이렇게 대를 이어 기생이 되었답니다."

"허허! 그럼 이 기방도 그대의 모친이 운영했던 곳이오?"

"그렇사옵니다."

"그렇다면 나를 도와주시오. 우리도, 우리 아이들도 천지 광명의 밝은 빛을 누리며 살아야 하지 않겠소? 우리처럼 아비를 아비로 부르지 못하는 일을 더 이상 겪게 하지 않게 만들어 봅시다. 저하께서는 우리 같은 사람들의 등불이나 다름 없소이다. 그러니 당장은 아니더라도 무슨 일이 생기면 꼭 알려 주시오. 작은 일이어도 좋소이다."

비원 무관은 격하게 자신의 심중을 토로하며 설득했다.

그의 말이 얼마나 간절했는지 기생어미도 순간 울컥했다.

"······알겠습니다. 일이 있으면 꼭 연락을 드리겠습니다."

"고맙소이다. 혹여 연락할 일이 있거든 푸줏간의 하인 정 가를 찾으시오."

"그렇게 하지요."

기생어미가 벽장을 열고는 궤를 꺼냈다. 그러고는 궤를 열고서 은화와 동전을 세어서 주머니에 넣었다.

"그냥 나가면 이상하게 볼 터이니 이걸 가져가세요. 한 달 동안 납품한 고깃값이에요."

무관은 기생어미의 세심함에 고개를 숙였다.

"신경을 써 주어서 고맙소이다."

인사를 마친 무관이 방을 나갔다.

기생어미는 그를 배웅하고는 다시 자리에 앉았다. 그런 그녀의 머릿속은 그 어느 때보다 복잡했다.

무관이 나오니 이미 정리는 끝나 있었다. 함께 온 푸줏간 하인이 궁금해했다.

"어디를 다녀오는 길이야?"

무관이 돈주머니를 쩔렁였다.

"아씨마님이 고기 납품 대금을 주신다고 해서 받아 왔다네."

"오! 그럼 오늘 고기 좀 썰어서 한잔하는 건가?"

"에이, 그건 주인께서 허락해 주셔야지. 내가 그걸 어떻게 결정해."

"하하하! 그래도 돈을 가져가는데 그냥은 넘기지 않으시겠지."

"그건 모르지."

무관이 돈 주머니를 품에 넣고서 수레의 손잡이를 잡았다.

"자! 가세."

"그러세."

그런 두 사람에게 장손이 머리를 숙였다.

"살펴 가세요."

"그런데 누구신가? 처음 보는 인물 같은데?"

기방의 하인이 대신 대답했다.

"달포 전부터 일을 하게 된 장손이라오."

"오! 그래? 앞으로 잘 부탁하네."

장손이 몸을 숙였다.

"소인에게 부탁이라니요. 당치도 않사옵니다."

"하하하! 물건을 받아 주는 사람이니 당연히 잘 부탁해야지."

너털웃음을 터트린 무관이 수레를 끌었다.

그런 수레의 뒤로 돌아간 푸줏간의 하인이 한마디 했다.

"수레를 이렇게 가벼운 철봉으로 만드니 얼마나 편한지 몰라."

무관이 동조했다.

"맞아. 이전에는 나무로 만들어서 수레 자체가 무거워서 힘들었지. 헌데 상무사가 만든 손수레는 속이 빈 철봉으로 만들어서 정말 가벼워."

"그러게 말이야. 바퀴도 철봉과 철판을 덧대어 만들어서 아주 튼튼해. 그 바람에 물건도 많이 실을 수 있고 일도 덜 힘들고 말이야. 이 모두가 세자 저하 덕분이야."

"당연하지. 우리 같은 백성이 힘들다고 이런 물건까지 신경 써서 만들어 주는 분은 세상에 우리 세자 저하뿐일 걸세."

기방의 하인도 크게 웃으며 동조했다.

"하하하! 맞아. 우리 세자 저하께서 최고시지."

"그럼, 당연하고말고. 자, 가세. 오늘 들를 집이 많아."

"그러지. 영차."

"영차!"

두 사람이 힘을 써서 밀고 당겼다. 그러자 고기를 그득 실린 수레가 가뿐히 움직였다.

기방 하인이 인사했다.

"조심해서 가게."

"고맙네. 다음에 보세."

그렇게 푸줏간 하인들이 떠났다. 장손은 그들이 보이지 않을 때까지 마당에서 한동안 서 있었다.

이날, 고기 배달을 마친 비원 무관이 이원수를 찾았다. 그리고 기생어미와의 만남을 보고했다.

"……소인이 보기에 기생어미가 뭔가를 알고 있는 것 같았사옵니다. 어떻게, 그녀를 따로 불러 볼까요?"

이원수가 고개를 저었다.

"아니야. 타초경사할 수가 있으니 그냥 지켜보도록 해."

"하지만 그대로 두었다가 무슨 일이 벌어질지 모르지 않습니까?"

"음! 이렇게 하지. 우선은 기방을 집중 감시하면서 기생어미의 움직임을 살펴보도록 해. 아울러 김관주와 김인주의 집의 감시를 더 강화하게."

"알겠사옵니다. 그런데 저하께 보고는 드려야겠지요?"

이원수가 고개를 저었다.

"아니야. 다른 일도 바쁜 저하께 공연한 근심을 안겨 드릴수는 없어. 당장 무슨 일이 일어날 건 아니니 우선은 지켜보기만 하자."

"예, 알겠습니다."

비원 무관을 만났던 기생어미는 찜찜했다. 그래서 충복을 시켜 은밀히 장손의 동태를 살피게 했다.

그러던 어느 날.

충복의 보고에 기생어미가 크게 놀랐다.

"뭐라고? 장손의 무예가 출중해?"

"예. 북한산에 있을 때 스님에게서 무예를 배웠다고 합니다. 그 무예가 상상 이상이어서 무과에 응시해 보라고 권했더니, 갑자기 눈에 불을 켜며 저를 노려봤습니다. 그런데 그 눈빛이 얼마나 살벌했는지 온몸에 소름이 돋을 지경이었습니다요."

충복이 말을 하며 팔을 비볐다.

기생어미는 지금까지 수많은 일을 겪어 왔다. 그런 그녀의 촉이 대번에 위험 신호를 보냈다.

'이거, 뭐가 있다. 김관주 영감이 일부러 찾아온 장손이 무술 고수라니…….'

기생어미가 고개를 갸웃했다.

"이상하네? 무과는 서얼이나 일반 백성도 응시할 수가 있는데, 왜 그 말을 했다고 눈에 불을 켜는 거지?"

충복이 화를 냈다.

"저야 모르는 일이지요. 저는 선의로 권했는데, 도대체 무슨 사연이 있는지 그렇게 반응하네요. 에이, 조상이 죄를 지어서 도망이라도 치고 있는지. 쯧!"

충복은 혀를 차며 흘러가는 말을 했다.

그 순간 기생어미의 머릿속에 큰 종이 울렸다.

'맞아. 도망친 노비이거나 조상이 죄를 지었다면 무과에 응시를 못하겠구나.'

"그것 말고 다른 움직임은 없었어?"

"예. 그 외에는 특별히 이상하지는 않았습니다."

기생어미가 바로 지시했다.

"잠깐 나갔다 올 일이 있으니, 자네는 나가서 나귀를 대령해 놓도록 해라."

"예, 아씨마님."

기생어미는 정성껏 화장을 했다. 그리고 외출용 모자인 전모(氈帽)를 쓰고는 상무사가 만든 유리거울을 바라봤다.

거울에는 아직은 어디에 내놔도 뒤떨어지지 않는 고혹한 모습이 들어 있었다. 그녀는 흡족한 미소를 지으며 한동안 거울을 바라보다 일어났다.

"가자!"

말고삐를 잡은 충복이 물었다.

"어디로 모실까요?"

"칠성이네 푸줏간으로 가자."

"예, 아씨마님."

백정은 본래 양민이다. 그러나 짐승을 도축하는 천역을 담당하는 터라 신량역천이 되어 버렸다.

이런 백정은 도성 밖에 몰려 살았다. 그 바람에 기생어미는 꽤 오래 나귀를 타야만 했다.

기생어미가 푸줏간에 도착하니 주인이 맨발로 뛰어 나왔다.

"아이고, 이게 뉘시오. 광통방의 아씨마님 아니오?"

"그동안 잘 지냈어요?"

"칼로 먹고사는 우리야 늘 그렇지요. 그나저나 여긴 어인 일이시오?"

"여기서 일하는 정가를 보러 왔어요."

"정가라면 배달을 가서 잠시 기다려야 하는데."

"그러면 동네 앞 주막에서 기다리지요."

"알겠소이다. 돌아오면 바로 보내 드리리다."

"고마워요."

정가가 주막으로 온 건 한참이 지나서였다.

"어서 오세요"

무관이 미소를 지었다.

"생각보다 일찍 만나게 된 것 같소이다."

"그러네요. 저는 볼 일이 없을 거라 생각했는데, 이렇게 다시 만나게 되네요."

"하하! 나에게는 고마운 일이지요. 그래, 무슨 말을 해 주려고 나를 보자고 한 거요?"

기생어미가 먼저 다짐을 받았다.

"저에 대한 보호는 해 주셔야 하옵니다."

"그 점은 조금도 걱정하지 마시오. 그대에게서 말이 나온 사실 자체를 비밀로 할 거요. 그래도 문제가 된다면 우리가 직접 보호해 주겠소."

다짐을 받은 그녀는 김관주와 장손에 관한 내용을 숨김없이 설명했다. 그러고는 무관에게 사과했다.

"미리 알려 주지 못해 미안합니다."

"아니오. 그런 협박까지 받았으니 쉽게 알려 주기는 어려웠다는 점 이해하오."

"앞으로 어떻게 되는 건가요? 장손을 바로 체포할 거예요?"

무관이 고개를 저었다.

"단순히 만난 것을 갖고 체포할 수는 없소. 당분간은 그를 지켜볼 터이니, 그대도 몸가짐을 조심했으면 좋겠소."

"알겠어요. 지금처럼 모른 척 지내지요."

"고맙소이다. 나중에 그들의 범법 사실이 밝혀진다면 그 대에게 큰 포상이 내려질 거요."

기생어미가 고개를 저었다.

"포상은 필요 없어요. 저도 세자 저하의 개혁이 잘 추진되 기를 누구보다 바라는 사람이에요."

"아! 그 부분도 보고에 꼭 집어넣겠소이다."

기생어미가 일어났다.

"그러면 저는 이만 가 보겠어요."

"그렇게 하시오. 그리고 오늘 일 정말 고맙소이다."

"별말씀을, 그럼."

기생어미는 나는 듯 절을 하고는 몸을 돌렸다. 그런 그녀 의 표정은 더없이 후련해 보였다.

비원 무관은 주막을 나와서는 서둘렀다.

그가 찾은 곳은 비원이 마련해 놓은 안가였다. 무관은 거 기서 상세한 보고서를 작성해서는 조직원에게 건넸다.

"지급을 요하는 보고서네. 최대한 빨리 좌익위께 전해 드 리도록 하게."

"알겠습니다."

무관의 보고서는 그길로 이원수를 통해 세자에게 전달되

었다.

세자가 이마를 찌푸렸다.

"저들이 뭔가를 도모하려는가 보네요."

"상황이 그렇게 보입니다."

"한심한 사람들이네요. 왕대비 마마께서도 이제는 개혁에 협조적인데, 아직도 정국을 뒤엎을 모의를 꾸미고 있다니요."

이원수가 권했다.

"저하! 앞으로 궐 밖 출입을 하실 때 병력을 보강해야겠사옵니다."

세자가 고개를 저었다.

"그러지 마세요. 어떻게 보면 이것이 기회일 수 있어요."

이원수가 어리둥절했다.

"예? 기회라니요?"

"저들은 아무리 시간이 지나도 생각이 바뀌지 않을 거예요. 그런 자들을 지금처럼 지켜보는 것보다, 일을 도모하도록 유도해서 모조리 잡아들이도록 하는 게 좋아요. 그렇게 해야 우환덩어리를 단번에 찍어 낼 수 있어요."

이원수가 바로 알아챘다.

"빌미를 제공해서 그걸 역이용하자는 말씀이군요."

"맞아요. 그러니 병력을 증강시키지 말아요."

이원수가 강력해 만류했다.

"저하께서 미끼를 자처하시다니요. 천부당만부당이옵니

다. 천려일실이라도 하는 날에는 모든 게 끝장이옵니다."

세자가 반문했다.

"좌익위. 나를 호위하는 병력의 무력이 우려할 수준인가요?"

이원수가 펄쩍 뛰었다.

"절대 그렇지 않사옵니다. 모두 몇 번의 경연을 거쳐 엄선한 일당백의 장병들이옵니다."

"그러면 무엇을 걱정하세요."

"저하의 안위와 직결된 일인데 어찌 걱정을 하지 않겠사옵니까? 경호는 수많은 경우의수를 살피고 또 살펴야 하는 일이옵니다."

"이 좌익위의 우려는 잘 알겠어요. 하지만 이번이 좋은 기회라는 생각은 바뀌지 않아요. 그러니 내 말대로 하세요."

이원수가 한숨을 내쉬었다.

"후! 저하의 결심이 그러시니 따르겠습니다. 하오나 경호 인력에 대한 인선은 한 번 더 실시하겠습니다. 아울러 호종하는 하인들을 전부 우리 병력으로 대체하겠사옵니다."

"그 정도는 알아서 하세요."

세자의 승인을 받자마자 이원수가 움직였다.

그는 먼저 기존의 경호 병력을 철저하게 점검했다. 그러고는 높아진 기준에 미달하는 장병은 예외 없이 교체했다.

이어서 호종하는 하인들도 전부 익위사 병력으로 대체했다. 그뿐이 아니라 세자의 동선에 따라 감시 병력도 요소요

소에 배치했다.

이런 움직임이 지속되는 와중에도 세자는 삼사일에 한 번씩 여의도를 찾았다.

세자는 백성들을 편안히 대해 왔다. 그래서 백성들은 세자의 행차만 보면 늘 몰려왔다.

세자의 동선은 일정했다.

숭례문을 나와 반석방(盤石坊)의 만리재를 넘어 마포로 갔다. 만리재는 세종대왕 시절 학자이며 청백리였으나 철저한 사대주의자였던 최만리가 살던 곳이라 해서 이름 지어진 고개다.

❀

기방을 다녀온 김관주는 더 열심히 사람을 만나고 다녔다. 이런 그의 정성이 주효했는지, 연말이 되어 갈수록 동조하는 사람들이 하나둘 늘어갔다.

사람을 만나고 움직이기 위해서는 당연히 자금이 필요했다.

이전이었다면 이런저런 이유로 그의 집을 드나드는 관리와 상인들이 꽤 되었다. 그런 사람들은 의례 상당액의 자금을 기탁했다. 그래서 관직이 없거나 한미했어도 벽파의 중심으로 행동하는 데 불편함이 없었다.

그러나 이제는 사정이 달라졌다.

집을 드나드는 사람조차 드물게 되면서 자금이 궁색해졌다. 세력을 확장하기 위해서는 반드시 뒷주머니가 든든해야 했다.

마포에는 김관주와 오랫동안 거래를 해 오던 객주가 있었다. 그래서 보부상 공단과 여의도 사정을 알아볼 겸 마포를 찾게 되었다.

미리 기별을 하고 찾아가는 길이어서 김관주는 서두르지 않고 집을 나섰다. 그러다 보니 만리재를 넘기 전 세자의 행차와 조우하게 되었다.

땡! 땡! 땡!

"물러서라. 세자 저하 행차시다."

땡! 땡! 땡!

"물러서라. 세자 저하 행차시다."

세자의 행차에는 종을 먼저 친다.

백성들의 혼란을 덜어 주기 위해 세자가 설정한 방식이다. 이런 배려 덕분에 종이 울리면 길을 가던 백성들이 허둥대지 않고 비켜섰다.

그리고 국왕의 능행에서처럼 백성들의 부복을 금지시켰다. 이런 세심함이 더해지면서 백성들은 왕실과 세자를 더 존경하게 되었다.

호종하던 청지기가 몸을 숙였다.

"영감마님. 잠시 기다렸다 가셔야겠사옵니다."

김관주가 이마를 찌푸렸다.

"이대로 재를 넘어가면 되지 않겠느냐?"

"송구하오나 이 고개는 숭례문에서는 가파르고 고개 너머 마포 방면은 평탄하옵니다. 그래서 고개를 넘기 전에 세자 저하의 행차와 마주할 수밖에 없사옵니다."

"에이. 하필이면 오늘 거둥을 하고 있어."

청지기가 사정을 설명했다.

"소인이 아는 바로는 저하께서 이삼일마다 정기적으로 여의도를 찾는다고 하옵니다."

김관주의 눈이 번뜩였다.

"그러면 늘 이 길로 이동한다는 말이냐?"

"그러하옵니다. 다른 길로 다니면 백성들이 번거롭다며 늘 이 길만 이용하신다고 합니다. 그리고 저렇게 앞에서 종을 쳐서 백성들이 먼저 피할 수 있도록 배려하시고요."

김관주가 혀를 찼다.

"쯧쯧! 배려는 무슨. 저게 다 과시하려고 저러는 거야. 그냥 병졸이 앞서서 길을 열면 될 일을 종까지 쳐가면서 호들갑을 떨잖아."

하인은 김관주의 말이 억지라는 걸 모르지 않았다. 그러나 대놓고 그런 말을 할 수는 없었다.

"……옳은 말씀이옵니다. 하오나 잠시 몸을 피했다 움직이시는 게 좋겠사옵니다."

김관주는 마뜩치가 않았다. 그러나 그냥 길을 가다 행렬과 마주하면 큰일로 비화될 수 있었다.

어쩔 수 없이 김관주가 나귀에서 내렸다. 그리고 청지기를 따라 군중 속으로 들어갔다.

개혁군주

음모의 밤

　그와 동시에 숭례문을 내려온 세자의 행렬이 보이기 시작했다. 김관주는 다가오는 행렬을 보다, 문득 머릿속에 떠오르는 생각이 있었다.

　'가만. 저렇게 내려다보일 정도라면, 좋은 자리를 찾아서 저격도 가능하겠구나.'

　이런 생각이 든 김관주가 눈을 빛내며 주변을 살폈다.

　그러던 그의 표정은 이내 흐려졌다.

　'젠장. 온 사방이 경호 병력이잖아. 이래서야 저격은커녕 제대로 숨어들지도 못하겠구나.'

　그랬다. 그의 시선에 들어오는 건물들에는 여지없이 경호 병력이 배치되어 있었다.

잠시 후, 세자 행렬이 지나갔다. 그 행렬을 보내고도 김관주는 아쉬움에 한동안 움직이지 않았다.

"영감마님! 세자 저하의 행렬이 지나갔사옵니다. 그만 가시지요."

"그러자. 어험."

청지기의 재촉에 헛기침을 한 김관주가 나귀에 올랐다. 그렇게 얼마를 이동해 마포나루에 도착했다.

나루에서도 황당한 일을 겪어야 했다.

"아니, 이게 대체 뭐야. 나루 주변이 온통 사람 천지잖아."

청지기도 주변을 둘러보며 놀라워했다.

"모여든 백성 전부가 세자 저하께서 한강을 건너는 걸 구경하고 있사옵니다."

청지기가 설명하지 않아도, 나귀에 타고 있어서 나루터 상황이 한눈에 들어왔다.

그는 군중이 세자의 도강을 바라보는 모습에 놀랐다.

"으음!"

강을 건너는 세자를 바라보는 백성들의 표정에는 열망이 가득해 보였다. 그런 모습을 살피던 김관주의 표정은 점차 어두워졌다.

청지기가 다시 재촉했다.

"영감마님, 그만 가시지요. 이러다 부지하세월이 되겠사옵니다."

"……그러자."

청지기가 고삐를 잡아 나귀를 이끌었다. 그는 나루 주변의 객주 중 한 곳으로 다가갔다.

객주는 오가는 사람들로 분주했다. 그런 객주 정문에서 청지기가 소리쳤다.

"이리 오너라!"

객주에서 사람을 부르는 일은 좀체 없었다. 그러다 보니 사람들이 시선이 한꺼번에 쏠렸다.

곧이어 객주 하인이 급히 다가왔다.

"어디서 오신 뉘신지요?"

"한양에서 온 첨지사 영감이시다. 주인은 안에 있느냐?"

"예, 계시옵니다."

"그러면 객주 주인보고 어서 나와 영접하라고 전하라."

"잠시 기다리시지요."

객주 하인이 안으로 달려가고 얼마 지나지 않아 중인 복장의 사내가 달려 나왔다.

사내는 김관주를 보고는 급히 몸을 숙였다.

"어서 오십시오, 영감. 기별도 없이 마포에는 어인 행차시옵니까?"

김관주가 그를 내려다보며 한마디 했다.

"자네가 오지 않으니 내가 올 밖에."

이 말이 비수가 되었는지 객주의 이마에 땀이 배었다.

그 모습을 김관주가 그냥 지나치지 않았다.

"허허! 시월도 중순인데 자네는 덥나 보구나."

객주가 겸연쩍은 표정을 지었다.

"아하하! 소인이 더위를 많이 타옵니다. 그보다 첨지사 영
감께서 갑자기 찾아오시니 솔직히 당황해서 그렇사옵니다.
그건 그렇고, 어서 안으로 드시지요. 이보시게. 영감마님을
어서 모시도록 하게."

객주의 재촉에 청지기도 못 이기는 척 나섰다.

"영감마님. 그만 내려서 들어가시지요."

"그러자."

김관주가 내리자 청지기가 고삐를 객주 하인에게 전했다.

"나귀에게 좋은 콩을 넉넉히 먹이도록 하게."

"예, 알겠사옵니다."

객주가 몸을 숙였다.

"안으로 드시지요."

"어험!"

김관주가 찾은 객주는 물상이 주업이었으나 보행도 겸하
고 있었다. 그래서 건물 안에는 숙박을 하는 사람들이 꽤 많
이 머물고 있었다.

객주는 그런 건물을 지나 가장 안쪽에 있는 전각으로 안내
했다.

"오르시지요, 영감."

"고맙네."

전각은 객주가 업무를 보는 공간이어서, 이런저런 서류가 탁자 위에 흩어져 있었다.

객주는 급히 서류를 모아서는 한쪽으로 밀었다. 이러는 사이 김관주가 상석에 앉았다.

대충 정리를 마친 객주가 두 손을 공손히 모았다.

"어인 일로 예까지 행차하셨사옵니까?"

김관주가 마치 자신이 주인인 양 권했다.

"허허! 뭐가 그리 바쁘다고. 우선 앉게."

"감사하옵니다."

객주가 앉자 본 김관주가 입을 열었다.

"요즘 많이 바쁜가 보네?"

객주가 한숨을 내쉬었다.

"후! 그렇지 않사옵니다. 보부상 때문에 거래 물량이 대폭 줄었사옵니다."

"밖에 사람이 많던데?"

"우리 손님은 별로 없사옵니다. 대부분이 보부상 공장에서 물건을 받아 가려고 숙박하며 기다리는 사람들이옵니다."

"보부상 공장이 그렇게 잘 돌아가나?"

객주가 대번에 앓는 소리를 했다.

"아이고, 말하면 무엇 하겠사옵니까? 어떻게 된 일이 새로운 물건을 연일 쏟아 내고 있사옵니다. 그러면서 공장도 늘리고 직원도 꾸준히 채용하고 있사옵니다. 그런 직원들을 상대하느라 공장 부근에는 상가도 형성되었고요."

이어서 보부상 공장에 대해 한동안 설명했다.

김관주가 씁쓸해하며 너털웃음을 터트렸다.

"허허허! 대단하구나. 잘 된다는 말은 들었지만 그 정도일 줄은 몰랐어."

"그뿐이 아니옵니다. 조선은행에서 금전 대차 업무를 하는 바람에 상인들이 대거 그리로 몰리고 있사옵니다. 이대로 가다가는 물상객주들은 설 자리가 없어질까 두렵사옵니다."

객주의 말이 과장된 면이 없지 않았다. 그러나 실질적으로 객주를 찾는 상인들이 줄어들고 있는 건 사실이었다.

김관주가 그 점을 지적했다.

"아무리 은행이 있어도 객주가 할 역할은 따로 있는 거 아닌가?"

"물론 기존에 해 오던 신용거래나 소소한 거래가 없어지지는 않을 것입니다. 하오나 큰 금액이 오가는 사업이 은행으로 넘어가면서 내실이 크게 위축되고 있사옵니다."

객주는 연신 앓는 소리를 했다.

김관주가 그런 객주를 바라보다 헛웃음을 몇 번 터트렸다.

"허허허!"

그러던 그가 정색을 했다.

"내가 찾아온 이유에 대한 대답이 그것이더냐?"

대놓고 돈을 내놓지 않겠냐는 지적이었다.

그러자 객주가 화들짝 놀라 급히 몸을 숙였다.

"그렇지는 않사옵니다. 하오나 소인의 처지가 예전만 못하다는 점만은 알아주셨으면 하옵니다."

"그래. 자네 말대로 어렵기는 하겠지. 허나 그렇다고 해서 무시로 발길을 끊으면 되나."

"그 점은 송구하옵니다."

김관주가 객주를 똑바로 보며 경고했다.

"지금 내 입장으로 너를 부자로 만들어 주기는 쉽지 않다. 그러나 너를 망하게 하는 건 여반장임을 모르느냐?"

객주가 황급히 무릎을 꿇었다.

"용서하십시오. 일이 어렵다 보니 소인이 잠시 격조했사옵니다."

객주가 거듭 용서를 구했다.

그 모습을 노려보던 김관주가 조였던 끈을 조금 풀어 주었다.

"네 사정이 그랬다고 하니 지난 일은 이해하겠다. 그런데 앞으로는 어떻게 할 테냐?"

대놓고 경고까지 받았다. 이런 상황에서 사정이 어렵다는 말만으로 자리를 모면할 수는 없었다.

객주는 잠시 고심하다 조심스럽게 사정을 설명했다.

"전처럼 도움을 드리겠사옵니다. 하온데 소인이 지금 곤란을 겪고 있는 문제가 하나 있사옵니다. 그 바람에 돈줄이

막혀서……."

객주도 온갖 풍상을 거친 사내다. 그랬기에 위협을 받으면서도 그냥 물러서려 하지 않았다.

객주가 자신의 어려움을 호소했다. 그러나 김관주에게는 호소만으로 들리지 않았다.

"나보고 어려움을 풀어 달라는 요구더냐?"

객주가 펄쩍 뛰었다.

"절대 그렇지 않사옵니다. 하오나 그 일이 풀리지 않으면 소인은 아주 곤란해지옵니다. 그래서 지푸라기라도 잡는 심정으로 영감께 말씀을 올리는 것이옵니다."

김관주는 입맛이 썼다.

한때는 집에 와서 사랑에 올라오지도 못하고 마당에서 인사하고 돌아가던 자였다. 그런 자가 자신의 능력을 은근히 저울질하고 있었다.

그렇다고 안한다는 말을 할 수도 없었다.

"좋다. 무슨 일인지 들어나 보자."

"예, 영감."

객주가 자신이 곤란에 처한 사정을 설명했다.

그런데 듣고 보니 의외로 문제가 간단치 않았다.

"……그래서 소인이 이도 저도 못 하고 난감한 처지에 놓여 있사옵니다."

"으음!"

객주가 이제는 간청했다.

"첨지사 영감. 소인의 어려운 처지를 헤아려 일이 잘 풀리
도록 도와주십시오. 그러면 이전에 인사했던 것보다 훨씬 더
정성을 기울이겠사옵니다."

김관주의 귀가 쫑긋했다.

객주는 정치자금을 낼 때마다 만 냥에서 수만 냥 정도를
희사했었다. 물론 그 이상의 이권을 자신이 만들어 주기는
했었다. 그런데 이번에는 그보다 훨씬 많은 자금을 내 놓겠
다고 약속하고 있었다.

"좋다. 내 좌상 대감께 특별히 부탁을 하마."

객주가 급히 머리를 조아렸다.

"소인의 청을 들어주셔서 감읍하옵니다."

"나와 좌상 대감이 가깝다고 해도 청탁을 하는 건 쉽지 않
다. 그리고 맨입으로 청탁하는 건 아니함만 못하다."

"옳으신 말씀이옵니다. 가까운 사이일수록 거래는 분명한
게 좋습니다."

객주가 벌떡 일어났다.

그리고 허리춤의 열쇠를 꺼내 벽장의 자물쇠를 열고 상자
를 꺼냈다. 그는 나무 상자에서 종이를 꺼내서는 자필로 무
언가를 작성했다.

그리고 수결과 도장을 찍고는 종이를 지그재그로 잘랐다.
그러고는 상자에 들어 있는 다른 종이도 십여 장 추려서 건

넸다.

객주가 설명했다.

"모두 10만 냥이옵니다. 먼저 이건 소인이 발행한 5만 냥짜리 어험(魚驗)이옵니다. 그리고 여기 있는 어험은 다른 객주에서 발행한 소액이어서, 사용하시는 데 불편함이 없을 것이옵니다."

어험은 지금의 어음을 말한다.

김관주가 눈을 크게 떴다.

"일을 아직 시작도 하지 않았다. 그 결과도 보지 않고 이 많은 자금을 먼저 주겠단 말이더냐?"

객주가 반문했다.

"어차피 영감께서 처리해 주실 일이 아니옵니까?"

너무도 당당한 배짱이었다.

그 모습에 김관주는 너털웃음을 터트릴 수밖에 없었다.

"허허허! 알았다. 주는 거니 요긴하게 쓰마."

객주가 조심스럽게 질문했다.

"결과는 언제쯤 나오겠사옵니까?"

"바로 좌상 대감을 찾아뵐 거다. 그러니 결과는 수삼일 내로 나오겠지."

객주가 허리를 접었다.

"감사합니다. 영감만 믿겠사옵니다."

김관주가 고개를 끄덕였다.

"염려 마라. 좌상 대감께서는 결코 내 청을 거절하지 못하실 게다. 그러니 믿고 기다리면 좋은 소식이 올 게다."

"예, 영감."

객주가 어험을 정리해서 공손히 바쳤다.

김관주가 헛기침을 하며 그 것을 품에 넣고 일어섰다.

"그러면 나는 이만 돌아가 봐야겠다."

"잠시 쉬시다 가시지 않고요?"

"아니다. 일을 부탁받았으니 오늘이라도 좌상 대감을 찾아뵙는 게 맞다."

객주가 김관주를 정문까지 배웅했다. 그리고 허리를 반으로 접으며 인사했다.

"조심해서 돌아가시옵소서."

"고맙다."

객주는 김관주의 나귀가 보이지 않을 때까지 대문에서 배웅했다.

그런 그가 자신의 집무실의 문을 열고 들어서다 화들짝 놀랐다.

"헉! 누구요?"

김관주가 앉았던 자리에 처음 보는 사내가 앉아 있었기 때문이다.

그 사내가 너무도 자연스럽게 손으로 객주에게 권했다.

"우선 자리에 앉으시게."

객주가 호통을 쳤다.

"이것 보시오. 대체 누군데 아무도 없는 방에 주인 행세를 하고 있는 거요."

사내가 웃으며 노련하게 대답했다.

"하하하! 이거 원. 나는 선의로 찾아왔는데, 그대는 나를 도적으로 몰고 있네그려."

사내의 당당한 태도에 객주는 순간 멈칫했다. 온갖 풍파를 다 겪은 그의 촉이 이상 신호를 알려 왔기 때문이다.

객주가 조심스럽게 신분을 확인했다.

"어디서 오신 분이오?"

"오! 객주여서 그런지 눈치가 빠르시오."

사내가 정색을 했다.

"객주는 비원을 알고 있소?"

객주의 안색이 급격히 굳어졌다.

그 모습을 본 사내가 고개를 끄덕였다.

"역시 마포의 객주답게 정보가 빠르시네. 인사드리오. 나는 비원의 무관인 정가라 하오."

객주의 목소리가 떨렸다.

"정 무관이셨군요. 하온데 무슨 일로 비원 무관께서 소인을 찾은 것이옵니까?"

비원의 무관이 정색을 했다.

"내가 왜 찾아왔는지 모르겠소?"

고개를 갸웃하던 객주는 무언가를 떠올리고는 얼굴이 창백해졌다. 비원의 무관은 그런 객주를 가만히 바라다봤다.

안절부절못하는 객주가 무릎을 꿇었다.

"살려 주십시오."

비원의 무관이 냉정하게 반문했다.

"살려 달라니? 그대가 무슨 잘못을 저질렀기에 용서를 구하는 말을 하는 거요?"

"죄송합니다. 죽을죄를 지었으니 제발 살려 주십시오."

"허허! 그대가 무슨 잘못을 저질렀는지도 난 모르오. 그런 나를 보고 어떻게 살려 달라는 말을 하는 거요?"

객주는 갈등하다 이내 입을 열었다.

"방금 김관주 영감이 다녀갔사옵니다."

"그거야 나도 알고 있는 사실이고."

"그분과 저는 오래전부터 면식이……."

이렇게 시작된 객주의 설명은 정치자금을 건넨 사실까지 이실직고했다.

비원의 무관이 어이없어 했다.

"기가 막힌 일이네. 나라에서 불법 정치자금을 엄단한다는 고지를 몇 번이나 했었소. 그런데도 대놓고 뒷돈을 주다니, 그것도 무려 10만 냥이나. 정녕 그대의 정신이 있는 거요, 없는 거요?"

객주는 머리를 땅에 댔다.

"송구합니다. 그렇게 하지 않으면 객주를 망하게 하겠다고 김 첨지사 영감이 협박을 하는 바람에 어쩔 수 없이……."

"아무리 김 첨지사가 협박을 해도 그렇지, 어떻게 10만 냥이나 되는 거금을 준 거요?"

"그, 그게……."

객주가 눈을 질끈 감고는 이유를 설명했다.

무관이 더 어이없어했다.

"허! 갈수록 태산이네. 청탁의 대가로 그 많은 돈을 주었던 거요?"

"어차피 몇 만 냥은 주어야 했사옵니다. 그럴 바에야 난제를 청탁하면서 큰돈을 주는 게 소인으로선 최선이었사옵니다."

"최선이었다?"

"송구합니다. 오랜 인연을 단칼에 끊었다가는 소인의 인생도 그걸로 끝이어서……."

객주를 노려보던 무관이 잠시 고심했다.

"좋소. 그러면 지금부터 내가 시키는 대로 할 수 있겠소?"

"어떻게 하면 됩니까?"

"지금처럼 그대로 행동하시오. 그리고 김관주 영감이 소식을 전해 올 때마다 그걸 우리에게 전해 주면 되오. 할 수 있겠소?"

"이중첩자를 하라는 말씀이옵니까?"

"그렇소."

객주가 협상을 하려 했다.

"무관의 말씀을 좇으면 소인의 죄를 용서해 주시는 겁니까?"

무관이 고개를 저었다.

"있는 죄를 없앨 수는 없소. 허나 그대가 우리를 도와준다면 최대한 정상 참작이 될 수 있도록 해 주겠소."

객주로서는 거부할 수가 없었다.

아니, 거부하고 싶지 않았다. 비원 무관의 제안대로 이중 첩자가 되어서라도 악연의 고리를 끊고 싶었다.

"좋습니다. 이 기회에 악연을 끊을 수만 있다면 무엇이든 하겠습니다."

"잘 생각했소이다."

객주는 한발 더 나갔다.

"잠시 기다리시지요."

그가 나무 상자에서 서류를 꺼냈다. 그러고는 무언가를 찾아서 정리해서는 공손히 건넸다.

"이게 무슨 서류요?"

"10만 냥의 어험 중에서 5만 냥은 소인의 것이옵니다. 그리고 나머지는 거래처에서 받은 것으로, 발행처와 발행일을 기록했사옵니다."

비원 무관이 반색을 했다.

"고맙소이다. 이 정보를 잘 활용하면 김관주과 내통하고 있는 자들을 색출해낼 수 있겠소이다."

"부디 큰 도움이 되기를 바랍니다."

"하하하! 그렇게 되어야겠지. 만일 이 정보로 좋은 결과가 나온다면, 그대의 공을 감안해 달라고 적극 상주하리다."

"그러면 되면 소인이 더 무엇을 바라겠사옵니까."

비원 무관은 객주에게 주의를 당부하고는 전각을 나왔다.

그런 그는 곧바로 여의로도 넘어가 세자를 호종한 이원수에게 보고했다.

보고를 받은 이원수가 세자를 찾았다. 세자는 이때 여의도 별궁에서 휴식을 취하고 있었다.

"저하, 좌익위이옵니다."

"들어오세요."

이원수가 가져온 서류를 공손히 내밀었다.

"이게 뭐지요?"

"비원의 무관이 마포객주에게서 얻어 낸 정보입니다."

이원수가 보고받은 내용을 설명했다.

세자가 고개를 저었다.

"어이가 없네요. 김관주도 우리가 정보조직을 운영한다는 사실을 알고 있을 텐데, 대놓고 불법 자금을 수수하다니요."

"비원의 존재를 모르고 있는 것 같습니다. 그렇지 않았다면 이렇게 대놓고 움직일 리가 없지 않겠습니까?"

"아무리 그래도 그렇지. 사람을 불러들이지도 않고 직접

개혁군주

마포를 찾아와 갈취를 해가다니요."

"아마도 김 첨지사가 직접 움직일 정도로 자금이 말랐었나 보옵니다."

세자가 한숨을 내쉬었다.

"후우! 안타까운 일이네요. 불법 정치자금을 제공하지도 받지도 말라는 아바마마의 윤음이 몇 번이나 반포되었어요. 그 일에 연루되어 여러 사람이 파직되고 실형도 살고 있고요. 그런데도 백주대낮에 마포까지 내려와 정치자금을 갈취해 갔어요. 그것도 무려 10만 냥이나요."

이원수가 상황을 냉정이 분석했다.

"어쨌든 좋은 기회이옵니다. 요즘 액수가 큰 어험은 대부분 조선은행에서 교환하고 있사옵니다. 이런 점을 적절히 활용한다면 김 첨지사의 최측근들을 쉽게 파악할 수 있을 것이옵니다."

세자도 상황을 분석했다.

"그렇겠네요. 자금이 충원되었으니 지금부터 본격적으로 세력 결집에 나서겠네요. 그렇게 모은 세력을 내년에 시작될 지방행정 개혁 반대에 활용할 공산이 크고요."

이원수도 동조했다.

"지금으로선 그 가능성이 가장 높습니다. 대놓고 반대하지는 않지만, 지방 수령의 권한이 대폭 줄어든 부분에 대한 반대가 상당하니까요."

세자가 주의를 주었다.

"아전들의 문제가 겹쳐 있어서 자칫 사태를 오판하는 자들이 나올 수도 있어요. 그러니 좌익위는 보부상의 협조를 받아 비원의 모든 요원들을 가동해 정보 입수에 총력을 기울이세요."

"알겠습니다. 김 첨지사와 그 주변도 지금보다 더 철저히 감시하겠습니다."

"그렇게 하세요."

보고를 마친 이원수가 급히 방을 나갔다.

세자가 일어나 창문으로 다가갔다.

별궁에서 바라보는 시월의 여의도는 사람들로 북적였다.

여의도는 개발 초기부터 상하로 나뉬었다. 상부에는 육군 무관학교를 비롯한 병영이, 하부에는 상무사와 사단 본부와 조폐국 공장 등이 들어서 있었다.

세자가 건물들을 찬찬히 둘러봤다.

"아직도 빈곳이 많아."

독백하던 세자의 시선이 사택에서 멈췄다.

봄부터 지어지기 시작한 사택은 거의 마무리 단계였다.

사택의 크기는 똑 같았다. 외양은 붉은 벽돌 건물에 기와를 얹고 유리 창문이 달려 있었다. 그런 단층 주택 수백 채가 늘어서 있는 모습은 그대로 그림 같았다.

옆에 있던 김 내관이 탄성을 터트렸다.

"이야! 장관입니다. 여기서 보니 사택이 참으로 아름답습니다."

"김 내관도 그렇게 생각해?"

"예, 저하. 요즘 상무사 사택 때문에 백성들의 반응이 대단하다고 합니다. 세상 좋아졌다고요."

"보부상도 사택을 대규모로 짓고 있어서 그런 말을 하나 보구나."

"예, 맞습니다. 상무사와 보부상이 짓는 사택이 일만 채가 넘습니다. 거기다 새로 가동된 통조림 공장도 사택을 짓겠다는 말이 나오고 있고요."

"오! 통조림 공장도 사택을 짓는다고 했어?"

"공장이 제대로 돌아가는 대로 사택부터 짓겠다는 약속을 했다고 합니다."

과거였다면 감히 상상도 못 할 일이었다.

기분 좋은 보고에 세자의 목소리도 높아졌다.

"좋은 일이야. 우리로 인해 그런 일이 벌어진다면 무엇보다 감사한 일이지."

세자가 몸을 돌렸다.

"자! 그만하고 소총 개발 현장으로 가 보자."

"예, 마마."

무기 개발은 본래 강화에서 하고 있었다.

그러다 조폐국의 이전으로 비워진 공장에 소총 개발에 필요한 시설 일부를 옮겨 왔다. 세자가 직접 무기 제작을 살피려는 의도에서 마련된 조치였다.

별궁에서 공장까지는 멀지 않았다. 그런 공장의 정문은 세자의 방문에 맞춰 활짝 열려 있었다.

세자가 공장으로 성큼 들어갔다. 기술 개발에 여념이 없던 기술자들이 일제히 몸을 숙였다.

"어서 오십시오, 저하."

세자가 환하게 웃었다.

"모두들 고생이 많아요."

⁂

마포에서 돌아온 김관주는 곧바로 김인주를 불렀다. 그리고 객주에게서 받은 어험 중 한 장을 내밀었다.

김인주의 눈이 커졌다.

"이게 웬 어험입니까?"

"마포 객주에게서 받아 온 어험 중 일부인 1만 냥이다."

"마포를 다녀오셨습니까?"

"그래. 세력을 규합하려고 하니 자금이 필요했다. 그래서 마포 객주에게서 상당액을 헌납 받았다."

김관주는 얼마를 받았다고는 말하지 않았다.

그럼에도 김인주가 대번에 우려했다.

"형님. 요즘 들어 우리를 감시하는 시선이 곳곳에서 느껴지고 있습니다. 이런 때는 자중해서 움직이는 게 좋지 않겠습니까?"

김관주가 피식 웃었다.

"우리를 감시하는 게 어제오늘이더냐. 그런 일에 신경 쓰다 보면 아무 일도 못 한다."

"그래도 조심해서 나쁠 거야 없지 않겠사옵니까?"

김관주가 고개를 저었다.

"처신은 조심해야겠지. 그러나 평상시대로 당당하게 행동해라. 우리가 공연히 위축하게 되면 그게 더 이상하게 보여 상대를 자극하게 된다."

묘한 자신감이다.

그럼에도 김인주는 왠지 모를 고양감에 절로 고개를 끄덕였다.

"알겠습니다. 그런데 이 자금을 어떻게 활용하면 되겠습니까? 1만 냥이면 쌀을 2천 석이나 살 수 있는 거금입니다."

"그동안 만나지 못했던 사람들과 어울리라고 주는 게다. 사람들과 자주 어울리다 보면 작금의 사태에 불만을 가진 자들을 만나게 될 것이다. 그런 자들을 적절히 포섭해 나가다 보면 의외로 큰 세력을 모을 수 있을 거다. 필요하면 적당히 자금도 지원해 주기도 해라."

"이 자금을 활용해 세력을 확장하라는 말씀이옵니까?"

"그래. 내년에 시작될 지방행정 개혁에 불만을 가진 자들이 의외로 많을 거야. 그런 자들만 모아도 기백은 되지 않겠느냐?"

김인주도 동조했다.

"맞습니다. 조선 팔도 300고을 수령방백 중 자신의 권력이 줄어드는 걸 좋아하는 사람이 얼마나 되겠습니까? 그들만 모아도 상당한 숫자가 될 것입니다."

"그렇지. 현직이어서 대놓고 의사 표시는 못하겠지만 불만은 상당할 거다. 임용을 기다리는 전직들은 더 말할 것도 없겠지."

"그런데, 불만이 있다고 무작정 포섭하는 건 문제가 있지 않겠습니까?"

"당연하지. 무력만 일당백이 있는 게 아니다. 문관들 중에서도 기백만으로 사람을 제압하는 자들이 의외로 많다. 그런 사람을 잘 추려 봐라. 그리고 아무리 역량이 뛰어나도 입이 가벼운 자들은 언젠가 문제가 될 수 있으니 가려서 만나도록 하고."

"알겠습니다."

"어험을 잘 챙기도록 해라."

"예, 형님. 요긴하게 잘 쓰겠습니다."

김인주가 어험을 조심스럽게 품속에 넣었다.

"형님, 그럼 저는 이만 가 보겠습니다."

"그렇게 해라. 그리고 일간 광통방의 기방을 같이 가 보도록 하자."

"그렇게 하겠습니다."

❀

이날 저녁.

김관주가 심환지의 집을 찾았다.

"어서 오시게."

"자주 찾아뵙지 못해 송구합니다, 대감."

"바쁘면 못 올 수도 있는 게지. 헌데 오늘은 어인 행차인가?"

"너무 격조한 거 같아서 인사차 들렸사옵니다. 부탁드릴 일도 있고 해서요."

"잘 오셨네. 요즘 어떻게 지내시나?"

김관주의 표정이 처연해졌다.

"백수에게 할 일이 어디 있겠습니까? 그저 유유자적하며 지내고 있사옵니다."

심환지가 아쉬워했다.

"사직을 하지 말았으면 좋았을 것을. 어떻게, 지금이라도 전하께 고하여 중추부의 자리라도 다시 만들어 드릴까?"

김관주가 고개를 저었다.

"그러지 않으셔도 되옵니다."

"아무리 실직이 아니어도 중추부는 무산계(武散階) 제일의 종1품 아문이네. 지난번에는 첨지로 있었으니, 이번에는 동지중추부사로 천거해 보겠네."

동지중추부사는 종2품이다.

이런 권유를 받았음에도 김관주는 여전히 고개를 저었다.

"아니옵니다. 공연히 저 때문에 애쓰지 마십시오. 그러다 전하와의 관계가 불편해지실 수 있사옵니다."

"허허! 그거 참."

"그보다 어려운 청이 하나 있사옵니다."

심환지가 큰 관심을 보였다.

"호오! 무슨 청인지 말해 보게. 내 선에서 해결해 줄 수 있는 일이라면 기꺼이 들어주겠네."

김관주가 객주가 부탁한 사정을 설명했다.

그 말을 들은 심환지가 한동안 고심했다.

"청원한 객주와는 잘 아는 사이인가?"

김관주가 도포의 소매에서 봉투 하나를 꺼냈다.

"소인과는 오래전부터 인연을 맺어 온 자이옵니다. 실질적인 도움도 많이 받았고요. 어려우시더라도 대감께서 손을 써 주셨으면 하옵니다."

심환지가 봉투를 내려다봤다.

"이게 무언가?"

"객주가 마련한 어험 5만 냥이옵니다."

심환지의 눈이 커졌다.

"5만 냥?"

"예, 대감. 믿을 수 있는 자가 발행한 것이니 요긴한 곳에 쓰십시오."

심환지는 가타부타 대답 없이 한동안 봉투를 바라봤다.

그러던 그가 봉투를 손으로 밀었다.

"김 첨지사의 청은 들어주겠네. 하지만 이 봉투는 다시 넣어 두도록 하게."

"대감!"

"그렇다고 다른 생각은 말게. 김 첨지사도 알다시피 나는 이전부터 정치자금을 거의 만지지 않았다네. 그리고 이 자금은 나보다 김 첨지사가 더 요긴하게 쓸 수 있을 거 같아서네. 그러니 넣어 두도록 하게."

이러면서 봉투를 밀었다.

김관주가 난처한 표정으로 심환지와 봉투를 번갈아 바라봤다. 그러다 심환지의 표정이 단단한 것을 보고는 어쩔 수 없이 봉투를 거뒀다.

"대감께 폐를 끼치는 것 같아 송구하옵니다."

"아닐세. 김 첨지사의 청을 들어줄 수 있어서 오히려 내가 고맙지."

김관주가 슬쩍 조정 사정을 물었다.

"조정은 요즘 어떻게 돌아가고 있사옵니까?"

"내년에 있을 큰일 때문에 다들 정신없이 바쁘다네. 사정은 나도 마찬가지고."

"나라의 근간을 바꾸는 일인데 문제가 되는 일은 없사옵니까?"

심환지가 상세히 설명했다.

"왜 없겠나. 하나하나 문제를 열거하자면 이루 말할 수 없이 많네. 그래도 경기도에서 먼저 실시하면서 얻은 경험이 큰 도움이 되고 있다네. 아울러 전국에 파견된 중앙군과 검경의 활약이 결정적인 몫을 하고 있다네."

"이번에 군권까지 회수하게 됩니까?"

"그렇다네. 앞으로 지방 수령은 행정적인 업무만 담당하게 되네."

"수령의 권한이 너무 축소되는 거 아닙니까?"

심환지가 고개를 저었다.

"그렇지 않아. 업무 조정은 진즉에 했어야 할 일이었어. 그동안은 이런저런 이유로 고을 수령에게 너무 많은 권한을 부여해 왔었네. 그 바람에 수많은 비리가 양산되었고. 만시지탄이지만 이제라도 바로잡는 게 얼마나 다행인지 모르네."

설명을 듣던 김관주는 어이가 없었다.

"다른 분도 아니고 벽파의 영수인 대감이십니다. 그런 대감께서 주상의 정책을 너무 일방적으로 옹호하시는 거 아닙니까?"

심환지가 파안대소했다.

"허허허! 그렇게 보였나?"

"아무리 정책이 맞더라도 문제가 있는 부분만큼은 확실히 짚고 넘어가셔야지요. 그렇지 않고 찬성만 한다면 우리 당의 설자리는 점점 더 줄어들게 됩니다."

심환지가 냉정히 고개를 저었다.

"김 첨지사의 지적은 일리가 있네. 다른 사안이었다면 분명 그렇게 했을 거네. 허나 나라를 좀먹던 아전을 혁파하는 대사에 어찌 반대를 할 수 있단 말인가? 그리고 지방 수령의 권한을 축소하는 건 조정의 권한 확대와 맞물려 있어서, 이 또한 반대할 수가 없는 사안이네."

심환지가 딱 잘랐다.

조금의 여지도 없이 정리하는 태도에 김관주의 표정이 붉으락푸르락했다.

"대감. 그러시면 노비 폐지도 적극 동조하실 것이옵니까?"

심환지가 한숨을 내쉬었다.

"후! 이보시게. 김 첨지사."

"말씀하십시오, 대감."

"그 문제도 이미 격론을 거쳐 조정의 중론을 모아졌네. 그런 사안을 여기서 다시 거론할 필요가 있겠나?"

"화가 나서 그렇사옵니다. 이러다간 반상 제도까지 없애자는 말이 나오지 않겠습니까?"

심환지가 고개를 저었다.

"그 점은 조금도 걱정 말게. 주상 전하께서도 그랬지만, 세자 저하께서도 반상 제도는 절대 손대지 않는다고 조회에서 선포하셨네."

김관주의 목소리가 높아졌다.

"믿을 수가 없습니다. 수천 년을 이어 온 노비 제도도 폐지되는 마당입니다. 그 약속이 언제까지 지켜지리란 보장이 어디 있습니까?"

"김 첨지사는 주상께서 제일 하고 싶은 일이 무엇인지 모르지 않겠지?"

"그야 당연히 사도세자의 신원이지요."

"그 일도 주상께서 즉위하며 내건 약속 때문에 손을 대지 못하고 있네. 하물며 그보다 수십 배 중한 반상 제도 유지 약속을 어떻게 깰 수 있겠나? 만일 그런 일이 벌어진다면 조정의 모든 신료들이 들고 일어날 걸세. 그러니 그 문제는 조금도 신경 쓰지 말게."

김관주는 마뜩찮았다. 그러나 심환지의 분명한 단언에는 더 이상 이의를 제기하지 않았다.

"대감이 그렇다면 그런 거겠지요."

심환지가 이런 김관주를 다독였다.

"거듭 말하지만 반상 제도는 신경 쓰지 않아도 되네. 그리고 주상 전하와 세자 저하께서는 노비 제도와 군역 제도가 정비되면 새로운 제도를 도입하시려고 하네."

"무슨 제도를 도입한다는 말입니까?"

"국초에 없어진 작위 제도라네."

김관주가 놀라서 반문했다.

"그게 무슨 말씀입니까? 작위 제도는 천자의 나라에서 시행하는 제도입니다. 그래서 태종대왕께서 스스로 폐지하셨고요. 그런데 청의 제후국인 우리 조선이 어떻게 작위 제도를 시행한단 말입니까?"

"우리가 청국을 섬기는 것은 침략에 굴복해서이네. 그런 우리가 언제까지 청을 상국으로 모실 수는 없지 않겠나."

김관주의 눈이 찢어질 듯 커졌다.

"대감! 지금 무슨 말씀을 하시는 겁니까? 대감께서는 일개 유생이 아니라 조선의 좌상이십니다. 그런 분께서 어찌 이런 위험한 발언을 하시는 겁니까?"

"이보게. 김 첨지사. 우리는 송자(宋子)의 후예일세. 그런 우리가 북벌을 염원하는 건 너무도 당연한 일 아닌가?"

송자는 노론의 영수였던 우암 송시열을 높여 부른 칭호다.

김관주가 크게 반발했다.

"대감. 송자께서는 실질적인 북벌은 반대하셨었습니다."

심환지가 고개를 저었다.

"그건 북벌을 추진할 수 없었던 당시 상황 때문에 어쩔 수 없이 그러셨던 것이네. 그때의 청국은 정예 팔기만 수십만이었어. 그러나 지금의 상황은 완전히 달라져서, 청국은 내란조차 수습 못하는 나라로 전락했네."

"그렇다고 해도 청국은 대국입니다. 우리 조선이 어찌 할 수 있는 나라는 아닙니다."

심환지가 고개를 저었다.

"그 문제는 그만 거론하세. 자네와 내가 그 일을 갖고 논쟁할 필요는 없네. 어쨌든 주상 전하와 세자 저하께서 과거에 못 이룬 계획을 추진하고 계시다는 것만 알고 있게."

"……대감께서 많이 변하신 것 같사옵니다. 이전의 대감이셨다면 그런 말에 쉽게 동조하지 않으셨을 터인데요."

심환지가 너털웃음을 터트렸다.

"허허허! 내가 변했나?"

"예, 변하셨습니다. 그것도 아주 많이요."

심환지도 변화를 인정했다.

"그래, 그럴지도 모르지. 아니, 변한 게 맞네."

"우리 벽파를 이끌고 계시는 대감께서 이러시면 아니 되옵니다. 이전처럼 목에 칼이 들어와도 당당히 하실 말씀은 하셔야지요."

심환지가 고개를 저었다.

"내가 변한 건 맞네. 하지만 변절한 것은 아님을 알아야 해."

"그게 무슨 궤변입니까?"

"궤변이 아닐세. 세상이 변하고 있어. 그런 변화를 주상 전하와 세자 저하가 합심해서 주도하고 있다네. 그래서 조정의 중론은 물론이고 백성들도 열화와 같은 지지와 성원을 보내고 있는 거네. 그렇게 거대하고 도도한 변화의 물결을 어떻게 거스를 수가 있겠나."

김관주는 더 이상 논쟁을 하지 않았다.

아니, 심환지가 이전과는 확연히 달라졌다는 것을 느낀 순간부터 더는 말을 섞고 싶지 않았다. 배신감이 느껴져 자리를 박차고 싶었으나, 찾아온 목적을 한 번 더 확인했다.

"대감의 생각이 그러시니 더 말씀 올리지 않겠사옵니다. 그러니 부탁드린 일만큼은 잘해결해 주시기를 바라겠사옵니다."

"걱정 마시게. 약속한 일이니 반드시 잘해결해 주겠네."

"소인은 대감만 믿고 돌아가 보겠사옵니다."

김관주가 인사를 하고는 일어섰다.

심환지도 그를 만류하지 않았다.

"조심해서 가시게."

"예, 그럼."

그가 사랑을 나서자 청지기가 다가와 조족등(照足燈)을 비추었다. 조족등은 밤길을 다닐 때 발밑을 비추는 용도로 사용되는 휴대용 촛불이었다.

"나리. 집으로 모실까요?"

"그렇게 하라."

청지기가 밝혀 주는 조족등을 따라 김관주가 걸음을 내디뎠다. 그렇게 귀가하는 내내 그의 심정은 복잡했다.

이런저런 생각에 절로 한숨이 나왔다.

"후! 큰일이구나. 다른 사람도 아니고 좌상께서 마음을 저리 먹을 줄 몰랐네. 이렇게 나가다 벽파의 근간이 무너지는 건 아닌지 모르겠구나."

이런 생각을 하며 걸은 그의 발걸음은 그 어느 때보다 무거웠다.

개혁군주

끝까지 기다리다

얼마 후.

이원수가 이른 아침부터 세자를 찾았다.

"저하, 비원에서 김관주에 대한 첩보가 보고되었사옵니다."

"그래요? 무슨 새로운 사실이라도 있나요?"

"요즘 그의 집을 찾는 사람들이 상당히 늘었다는 보고는 받으셨을 겁니다."

"좌상 대감을 찾은 다음 날부터 사람을 풀었다는 보고는 받았어요."

"그런데 어제는 김인주와 광통방의 기방을 찾았다고 합니다."

"그래요?"

"예. 지난번처럼 기방의 하인을 따로 불렀다고 합니다."

세자가 침음했다.

"으음! 그 하인이 뭔가 아나 보군요."

"그런 것 같사옵니다. 그래서 기생어미가 대화를 들어 보려고 했는데, 목소리가 낮아서 실패했다고 합니다. 그런데 유독 진천뢰라는 말이 크게 들렸다고 했사옵니다."

"진천뢰요?"

"아마도 비격진천뢰를 말한 것 같사옵니다."

세자가 고개를 갸웃했다.

"이상한 일이네요. 무슨 대화를 나누었기에 비격진천뢰가 거론되었을까요?"

"그러게 말입니다. 다른 곳도 아니고 기방 술자리에서 나온 단어치고는 너무도 생경하옵니다."

"그런데 비격진천뢰가 아직도 운용되고 있나 보네요."

"물론입니다."

"효용가치는 있나요?"

"비격진천뢰는 자주 사용하면 효과가 반감됩니다. 그래서 임진왜란 때도 급습용으로 사용되었고요."

"경주성 전투에서 놀라운 성과를 거뒀다는 기록은 알고 있어요."

"맞습니다. 당시 비격진천뢰의 공격에 놀란 왜구가 다음 날 서생포로 퇴각했었지요. 그 이후에는 별다른 활용을 못 했으나, 지금도 군의 주요 자원으로 운용되고 있사옵니다."

개혁군주

"비격진천뢰의 크기가 얼마나 되지요?"

이원수가 대강의 크기를 손으로 표시했다.

"크기는 수박 정도 되옵니다. 정확한 구조는 화포식언해(火砲式諺解)에 상세히 기록되어 있사옵니다. 그 기록에 따르면 지름이 일곱 치라고 되어 있사옵니다. 그리고 비격진천뢰는 일반 화포가 아닌 완구(碗口)로만 포격이 가능하옵니다."

"그런 제약도 있었네요. 그런데 그런 비격진천뢰를 왜 거론했을까요?"

이원수가 난색을 표시했다.

"비격진천뢰는 무게도 상당합니다. 개인이 휴대하기 어려울 정도로요. 만일 저들이 불측한 음모를 꾸민다고 해도 쉽게 접근하기 어려운 화기이옵니다."

세자가 문득 수류탄을 떠올렸다.

"혹시 저들이 비격진천뢰를 휴대하기 작게 만들려고 하는 건 아닐까요? 서양의 수류탄처럼 말이지요."

이원수의 눈이 더없이 커졌다.

"비격진천뢰는 주물로 만드옵니다. 그런 포탄을 소형화할 수 있겠사옵니까?"

"가능해요. 우리는 없지만 서양은 오래전부터 활용하고 있어요. 우리가 앞으로 개발해야 할 소형 화기이기도 하고요."

이원수가 고개를 저었다.

"세자 저하이시니 그런 시도가 가능하옵지요. 그러나 지금까지 비격진천뢰를 작게 만들었다는 말은 들어 본 적이 없사옵니다."

세자가 주의를 주었다.

"예단은 금물이에요. 이전이었다면 어려운 일이었겠지만 지금은 달라요. 군사기술은 물론이고 각종 과학기술이 폭발적으로 성장하고 있잖아요."

이원수가 굳은 표정으로 건의했다.

"저하! 이런 고민을 하는 것보다 기방의 하인을 잡아들이는 게 좋지 않겠사옵니까? 저들이 화기까지 손을 대려하는 것 같은데, 이대로 두었다가 자칫 큰 인명 피해가 발생할 수도 있사옵니다."

세자가 고개를 저었다.

"좋은 방법이 아니에요. 지난번에도 말씀드렸지만, 이번이 개혁에 반대하는 무리를 일망타진할 절호의 기회입니다. 그러니 힘들더라도 저들의 세력이 최대한 결집될 때를 기다려야 해요."

"신은 이러다 큰일이 일어나지 않을까 걱정이옵니다."

세자가 대범한 표정을 지었다.

"우리가 모르고 있다면 문제겠지요. 허나 지금은 저들의 움직임을 손바닥 들여다보듯 하고 있잖아요. 그러니 너무 앞서 걱정하지 마세요. 그리고 되도록 먼 거리에서 저들을 주시하고요."

이원수가 답답한 표정을 지었다.

잡아들이자고 건의했더니 오히려 더 풀어 주라고 한다. 그렇다고 세자가 왜 이런 지시를 내렸는지 모르지는 않았다.

"……알겠사옵니다. 최대한 조심스럽게 감시하겠사옵니다."

"예, 그렇게 하세요. 그리고 김 첨지사의 집 주변에 안가를 마련해서 감시하세요. 그러는 게 여러 모로 좋을 거예요."

"아! 그거 좋은 생각이옵니다. 가쾌(家儈)를 풀어 좋은 물건이 있는지 즉시 알아보겠사옵니다."

가쾌는 주택을 흥정 붙이는 일을 업으로 삼는 사람이다. '집주름'이라고도 불리며, 지금의 공인중개사라고 할 수 있다.

지시를 받은 이원수가 방을 나섰다. 그를 보낸 세자가 뭔가를 떠올리고는 김 내관을 불렀다.

"김 내관은 여의도로 가서 장 공업부장을 불러오도록 해."

"예, 저하."

김 내관이 나가자 세자는 모처럼 처음 조선에 왔을 때의 기록물을 꺼냈다. 20권으로 된 책자는 전부 영어로 기록되어 있었다.

세자가 웃으며 독백을 했다.

"하하! 그때는 아무도 모를 거라 생각하고 영어로 적었는데. 그런데 이제는 영어를 하는 사람이 수백이 넘으니, 이 서류도 이제는 완전한 비밀은 아닌 게 되었어."

이러면서 군사 무기를 기록한 책자를 천천히 넘기면서 의

미를 되새겼다. 아쉽게도 아직 제대로 개발된 군사 무기는 수석 소총 정도였다.

"아직 소총은 물론이고 총탄도 제대로 만들지 못하니 갈 길이 태산이야. 그런데 수류탄이……. 여기 찾았다."

처음에는 환생 전의 경험을 선명히 기억하고 있었다. 그래서 그런 기억을 추리고 정리해 20권의 책자로 만들었다.

그런데 그렇게 선명했던 기억도 시간이 지날수록 조금씩 흐려졌다. 그래서 요즘은 기억을 되새기는 의미에서도 기록물을 자주 들여다봤다.

수류탄도 마찬가지여서, 기록물을 보고서야 이전 기억이 완전히 떠올랐다. 한동안 수류탄 기록을 들여다보던 세자가 화약으로 넘어갔다.

그러고는 단언했다.

"역시 중요한 건 무연화약의 개발이야. 무연화약만 개발할 수 있다면 군사 무기는 무조건 몇 단계 발전하게 되어 있어. 그러기 위해서는 화학 과학자를 하루빨리 양성해야 해."

세자는 이렇게 한동안 이전 지식을 점검하고 정리하느라 시간을 보냈다.

그렇게 얼마의 시간이 지났을 때였다.

"저하! 여의도에서 공업부장이 들었사옵니다."

세자가 책자를 다시 집어넣었다.

"들라 하라."

문이 열리고 낯익은 몇 사람이 들어왔다. 이들 중 나이 많은 사람이 두 손을 공손히 모았다.

"저하! 인사 올리옵니다."

"어서 오세요, 장 부장. 그런데 기술자들도 함께 왔네요?"

"예. 급히 입궐하라는 전갈을 받고 혹시 해서 화약과 정밀 가공 기술자를 대동했사옵니다."

세자도 두 기술자들은 잘 알고 있었다.

세자의 시선을 받은 기술자들이 정중히 몸을 숙였다.

"역시 장 부장이네요. 잘하셨어요. 모두 이리들 와서 앉으세요."

"황감하옵니다."

세 사람이 자리에 앉자 내관이 차를 내왔다.

"우선 목부터 축이세요."

"예, 저하."

그렇게 잠깐의 시간이 지나고 세자가 질문했다.

"뇌홍 개발은 어떻게 되어 가고 있나요?"

화약 기술자가 대답했다.

"수은을 질산에 녹여 뇌산수은을 만드는 데는 성공했사옵니다. 그것을 다시 주정에 배합해 가며 최적의 비율을 조정하는 중입니다."

세자가 반가워했다.

"그렇다면 개발의 막바지로군요."

장인권 공업부장이 과정을 설명했다.

"제가 봤을 때는 지금 상태로도 충분합니다. 그런데 최적의 비율을 찾아내야 한다면서 실험을 마치지 않네요."

화약 기술자가 물러서지 않았다.

"전쟁은 잠깐의 순간에 승패가 좌우됩니다. 소인이 지금 하는 노력은 전장에서 수많은 아군의 생명을 구하는 길이옵니다."

"이 사람아. 그걸 내가 몰라? 하지만 너무 과해서 문제지."

세자가 나섰다.

"아닙니다. 기술자는 모름지기 자신의 기술에 대한 자부심이 있어야 합니다. 잘하고 있으니, 꼭 좋은 결과를 도출해 내세요."

"황감하옵니다. 소인이 노력해 금년 내로는 완성을 볼 수 있도록 하겠사옵니다."

"그러면 더없이 고마운 일이지. 장 부장."

"예, 저하."

"뇌홍만 만들어지면 수석 소총의 뇌관 생산은 문제가 없겠지요?"

장인권이 장담했다.

"물론이옵니다. 수석 소총의 뇌관은 문제도 아닙니다. 우리가 제식으로 사용할 소총의 탄환 양산도 진행할 준비가 되어 있사옵니다. 뇌관만 결정되면 저하께서 지시하신 탄피 총탄을 당장이라도 양산할 수 있사옵니다."

세자가 조선에 와서 놀랐던 점 하나가 조총의 다양한 사용이다.

조선은 지방 병력인 속오군조차도 조총 사격을 많이 시행하고 있었다.

조선에도 수석 소총이 들어왔었다. 그럼에도 사용이 간편한 수석 소총이 아닌 화승총이 주류였다.

이렇게 된 이유는 조선의 환경 때문이었다. 조선에는 수석 소총에 사용할 양질의 부싯돌이 거의 생산되지 않았다.

수석은 소모품이어서 수시로 교환해 주어야 한다. 이런 수석이 조선에서 생산되지 않는 물리적 한계가 있었다.

특히 정교한 부품을 만들 기술력도 절대적으로 부족했다. 그래서 세자도 영국으로부터 다량의 수석을 수입해 소총을 제작해야 했다.

세자가 정밀가공 기술자를 바라봤다.

"부품 개발은 잘 진행되고 있지요?"

"예. 마지막 난관이었던 총열의 강선 제작 방법을 찾아냈사옵니다."

세자가 반색을 했다.

"오! 그래? 그렇다면 개발 성공이 얼마나 남지 않았구나. 문제가 되었던 용수철의 강도는 어떻게 되었소? 지난번에 제철부와 마지막 시험을 한다고 했는데."

기술자가 자신 있게 대답했다.

"다행히 그 시험도 성공했사옵니다. 그래서 지금 견본품을 만들어 자체 강도 실험을 진행 중에 있사옵니다."

"격발 후 탄피 퇴출도 문제가 없나요?"

"그렇사옵니다. 노리쇠의 걸림 현상도 확실히 보완했사옵니다."

신형 소총은 볼트액션 방식이다.

볼트액션은 노리쇠를 후퇴해 총탄을 장착하고는 노리쇠를 밀어서 잠근다. 그러고는 총을 격발한 뒤 노리쇠를 후퇴해 탄피를 빼내고 다시 총탄을 장착해 사격한다.

이런 방식은 단발 사격만 가능하다. 그럼에도 세자가 이 방식을 채택한 이유는 부품이 비교적 적고 고장률이 낮은 장점 때문이었다.

세자가 환하게 웃었다.

"하하하! 듣던 중 반가운 소리예요. 그렇다면 어려운 난관은 거의 다 넘은 셈이네요."

공업부장이 몸을 숙였다.

"그러하옵니다. 모두가 저하께서 직접 챙겨 주신 덕분이옵니다."

정밀가공 기술자가 적극 동조했다.

"그렇사옵니다. 이 모두가 저하께서 여의도로 저희를 불러 직접 가르쳐 주신 덕분이옵니다. 그러지 않았다면 일정을

개혁군주

반 년 이상 단축시킬 수는 없었을 것이옵니다."

화약 기술자도 동조했다.

"맞습니다. 뇌홍을 만드는 일이 이렇게 어려울 줄 몰랐사옵니다. 저하께서 질산(窒酸) 가공 기술을 서양에서 도입해주시지 않았다면 아마도 큰 곤란을 겪었을 것입니다."

세자가 공을 돌렸다.

"화란양행의 도움이 컸어요. 처음 서양 기술을 도입할 때 황산 가공법을 수입해 오면서, 그들의 노력으로 그 기술도 함께 들여올 수 있었어요."

"고마운 일입니다. 그런데 이번에는 그들의 도움을 받지 않으시는 건 비밀 유지 때문이옵니까?"

세자가 크게 고개를 끄덕였다.

"물론이에요. 신형 소총은 알다시피 세대를 뛰어넘는 첨단 기술이 적용되어 있어요. 그래서 화란양행과 사전에 양해를 구해 두었어요."

장인권이 문제를 지적했다.

"화란양행은 지금 우리나라 기술 발전에 절대적인 도움을 주고 있사옵니다. 그런 화란양행을 배제한다는 건 나중에 문제가 되지 않겠사옵니까?"

세자가 고개를 저었다.

"이런 일은 철저하게 국익을 따라야 해요. 도움을 받는다고 해서 모든 기술 개발을 공유할 수는 없어요. 특히 무기 개발은 아무리 화란양행이라고 해도 함께할 수 없는 문제예요."

"그렇기는 하옵니다만……."

세자가 손을 들었다.

"그 점은 이미 화란양행과 논의를 마친 사안이니 걱정하지 말아요. 그렇다고 그들을 완전히 배제한 건 아니고, 개량된 수석 소총과 뇌관에 대한 독점 수출 권한을 부여해 줄 거예요."

장인권도 이 말에는 고개를 끄덕였다.

"그렇게라도 도움을 주면 되겠네요. 어차피 개량된 수석 소총과 뇌관은 수출용이니까요."

"그렇지요. 서양은 지금 전쟁 중이어서 우리가 개발한 수석 소총은 분명 상당한 반향을 불러일으킬 겁니다. 우리도 그렇지만 대행하는 화란양행도 소총 수출로 막대한 이익을 거둘 수 있을 것이고요. 그러니 기술개발청과 잘 협의해 양산을 철저히 준비해야 합니다."

장인권이 자신했다.

"조금도 성려하지 마십시오. 저하의 지시대로 개량된 수석 소총과 신형 소총의 부품을 연초부터 대량으로 제작하고 있사옵니다. 특히 수석 소총은 뇌관 개발만 성공하면 몇 만 정은 곧바로 수출이 가능할 정도입니다."

세자가 고개를 저었다.

"그 정도로는 부족해요. 화기의 우수성은 곧 전쟁의 승패를 좌우하게 됩니다. 화란양행이 영업만 잘한다면 수십만 정은 판매가 될 거예요."

장인권의 눈이 커졌다.

"한 나라가 수십만 정을 수입할 수 있겠사옵니까?"

"한 나라로는 어렵지요. 나는 기회만 되면 어느 나라든 무기를 수출할 거예요."

"전쟁 중인데 양쪽 모두에게 무기를 공급할 수 있사옵니까?"

"물론이지요. 그래서 화란양행이 영업을 잘해야 한다는 전제를 말한 거예요."

"하오나 소총을 대량 구매할 대금을 쉽게 충당할 수 있겠사옵니까? 전쟁이 길어지면 전비가 급격히 늘어나는 건 당연한 일인데요."

세자가 싱긋이 웃었다.

"소총 구입 비용이 부족하면 현물로 받아도 됩니다."

장인권의 눈이 커졌다.

"현물이라니요?"

"하하하! 우리가 스페인으로부터 마리아나제도를 매입했다는 사실을 잊은 겁니까?"

"아! 그러면 저들의 해외 영토를 대물로 받으시겠다는 말씀이옵니까?"

"대놓고 그럴 수는 없겠지요. 그렇게 하면 두고두고 문제가 될 터이니 말이에요."

"그러면 생각해 두신 묘안이라도 있사옵니까?"

"은행을 적극 활용하려고 해요."

조선도 은행이 들어서 있었다. 그러나 은행 업무에 대한 지식이 아직은 많이 전파되지 않았다.

"은행을 어떻게……?"

세자가 차를 한 모금 마셨다.

"소총을 구입할 나라와 먼저 비밀 협상을 해야 할 거예요. 그 협상에서 필요한 양의 소총과 뇌관의 가격을 책정하고, 상대가 제공할 해외 영토에 대한 가격도 산정하는 거예요. 그런 뒤 화란양행이 지정한 은행을 활용해 차관과 대환 형식으로 거래를 하면 됩니다."

"차관과 대환을 한다고요?"

"그래요. 소총이 필요하지만 자금이 부족한 나라가 분명 있을 거예요. 그런 나라는 화란양행과 협상한 뒤 지정된 은행에서 차관을 신청하는 거예요. 그러고 나서 우리가 차관을 제공하는 거지요."

"구입 대금을 우리가 먼저 상대 국가에 제공한다는 말씀입니까?"

"하하하! 실질적으로는 제공하지 않고요. 서류상으로만 제공하는 겁니다. 은행을 이용해서요. 그렇게 서류상에 존재하는 차관으로 화란양행은 우리에게 무기를 구입해 해당 국가에 수출하는 겁니다. 상대 국가에서는 차관의 대가로 자신들의 영토를 양도하면 되고요."

장인권이 놀라워했다.

"그렇게 하는 거래 방식도 있군요."

화약 기술자가 이의를 제기했다.

"저하! 금전이 오가지 않더라도 엄연한 차관 제공입니다. 만일 해당 국가에서 임의로 차관을 전용할 수도 있지 않겠습니까?"

세자가 친절히 설명했다.

"그렇게 되지 않도록 해야지요."

"어떻게 말이옵니까?"

"공여되는 차관을 화란양행만이 통용할 수 있도록 지정해주면 돼요. 그리고 차관은 반드시 그 나라가 보유한 현물이나 해외 영토로 대환하도록 규정하고요."

장인권이 정리했다.

"차관 사용처를 규정해서 전용되거나 임의로 악용되는 일을 방지하자는 말씀이군요."

"그렇지요. 이러한 거래 방식은 동양의 관점에서는 조삼모사라고 지적할 수도 있어요. 그러나 서양에서는 엄연히 존재하는 금융기법이어서 전혀 문제가 되지 않아요."

"그렇군요. 저하의 말씀대로라면 모두가 명분과 실리를 얻게 되는 거래가 되겠사옵니다."

"그렇지요. 우리는 무기를 주고 영토를 얻었다는 오명을 쓰지 않아도 되지요. 상대도 전쟁을 위해 자신들의 영토를 넘겼다는 구설에 휘말리지 않을 수 있고요."

"은행과 화란양행은 거래를 중재하면서 상당한 이익을 거둘 수 있겠사옵니다."

"맞아요. 여러 절차를 거쳐야 해서 불편하고 까다롭기는 해요. 하지만 모두가 득이 되는 거래 방식이어서 상대도 분명 거절하지 않을 거예요."

화약 기술자가 조심스럽게 문제를 제기했다.

"저하! 군사 무기로 영토를 획득하자는 계획은 대찬성이옵니다. 하오나 그런 거래를 하려면 소총의 가격이 상당해야 하지 않겠사옵니까? 우리는 아직 한 번도 소총을 수출한 적이 없는데 어떻게 가격을 책정하려 하시옵니까?"

세자가 감탄했다.

"오오! 화약 기술자께서 핵심을 짚었네요. 맞아요. 문제는 소총의 가격이 얼마냐는 거지요. 고생해서 만든 소총이 제값을 못 받는다면 구태여 수출할 필요가 없지요."

"소총의 가격이 상당히 비싸다는 말씀이군요."

세자가 예를 들어 설명했다.

"맞아요. 서양 소총, 아! 서양에서는 소총을 대개 '머스캣'이라고 하지요. 영국의 예를 들어 보면요. 그들이 사용하는 머스캣 한 정의 가격이 돼지 열 마리에서 열두 마리 정도라고 합니다."

장인권이 놀라워했다.

"소총 한 정의 가격이 값비싼 돼지가 열 마리에서 열두 마리나 된다고요?"

조선에서는 돼지를 잘 기르지 않아서 상대적으로 비쌌다. 돼지는 농사에 전혀 도움도 되지 않았으며, 사람이 먹는 곡식을 먹기 때문이다.

"서양은 주식이 고기예요. 그래서 돼지를 많이 기르기 때문에 우리처럼 비싸지 않아요."

"아! 그렇습니까?"

"그래서 돼지 한 마리 가격이 감자 열두 자루 정도 되지요. 서양의 한 자루는 대략 우리의 도량형으로 두 말 정도이고요."

장인권이 난감해했다.

"저하, 서양과 우리의 물가 가치가 많이 다르옵니다. 그리고 어리석은 소인들이 얼마의 가치가 되는지 모르옵니다."

세자도 잠시 계산을 했다.

"음! 대략 소총 한 정 가격이 우리 돈으로 백여 냥 정도로 보면 되겠네요."

장인권이 놀랐다.

"생각보다 비싸게 거래되는군요. 그 가격이 지금의 소총이라면, 우리가 개발한 신형 소총은 좀 더 높은 값을 받을 수 있지 않겠사옵니까?"

세자가 고개를 끄덕였다.

"물론이지요. 기존 수석 소총의 문제점을 크게 보완했으니 당연히 가격을 더 받아야지요. 거기다 뇌관도 독점 공급하게 될 터여서, 상당한 추가 이익을 거둘 수도 있을 거예요."

기존의 수석 소총은 부싯돌의 불꽃으로 접시의 화약을 점화하는 방식이다. 그래서 격발할 때 흔들리거나 비가 조금이라도 오면 사용이 불가하다.

이번에 개발된 신형 소총은 화약을 접시가 아닌 격발장치에 넣고 뇌관을 덮게 되어 있었다.

장인권이 기대감을 표시했다.

"저하의 계획대로만 된다면 금상첨화이겠사옵니다. 하온데 소총을 판매하면서 매입을 생각하고 있는 지역이 있사옵니까?"

이 질문에는 세자가 대답하지 않았다. 그 대신 빙그레 웃으면서 주제를 돌렸다.

"자! 그 이야기는 그만하지요. 오늘은 그 일로 여러분을 부른 게 아니에요."

세 사람도 급히 정색을 했다.

"하문하여 주십시오."

"여러분은 비격진천뢰에 대해 어느 정도 알고 있나요?"

군기시 별좌 출신인 장인권이 바로 대답했다.

"일반 포탄과 달리 폭발해서 인명을 살상합니다. 원리는 내부에 화약을 장약하고 날카로운 철 조각을 함께 넣습니다. 그런 포탄을 대나무로 만든 지연 신관을 이용해 폭발하는 방식이지요."

"역시 군기시 별좌 출신답습니다. 그러면 비격진천뢰의 단점은 무엇인지도 아시겠네요."

"첫째로 무게가 많이 나갑니다."

"주물로 만들어서 그렇겠군요."

"그렇사옵니다. 가장 큰 문제는 외피가 두꺼워서, 폭발해도 조각이 나지 않는다는 점입니다."

"아! 그러면 살상력이 의외로 크지 않겠군요."

"그렇사옵니다. 그래서 적이 알게 되면 효과가 크게 떨어지는 단점이 있사옵니다."

"그렇군요. 장 부장께서는 서양의 척탄병이 사용하는 수류탄을 아시는지요?"

"화란양행 기술자로부터 말은 들었지만 실제로 본 적은 없사옵니다."

"작동 원리는 설명을 들었겠네요."

"예. 비격진천뢰와 비슷하다고 알고 있사옵니다."

"맞아요."

장인권이 바로 알아들었다.

"저하, 우리도 수류탄을 제조하실 것이옵니까?"

"장 부장이 보기에 어때요?"

"개인화기로 필요하다고 생각합니다. 하오나 서양의 수류탄은 좀 더 개량할 필요가 있다고 생각하옵니다. 화란양행 기술자의 설명에 따르면 수류탄의 무게가 만만치 않다고 했사옵니다."

"옳은 지적이에요. 그래서 서양에서도 수류탄만을 전문으로 던지는 척탄병과가 따로 있을 정도지요. 나는 소총 개발이 끝나면 수류탄 개발을 시작했으면 해요."

이어서 도면까지 그려 가면서 설명했다. 나이가 들면서 세자의 그림 솜씨도 일취월장해, 도면은 누가 봐도 한눈에 알아볼 정도로 정교했다.

장인권을 포함한 기술자들은 도면을 보면서 적극적인 질문을 했다.

이런 세 사람은 세자에 대한 부담감이 조금도 없었다. 세자가 여의도를 오가면서 기술자들과 허물없이 토론과 실무를 해 온 결과였다.

질문과 대답이 반복되면서 새로운 차가 몇 번이나 바뀌었다.

"……자, 이 정도면 시도해 볼 만하겠지요?"

장인권이 장담했다.

"물론이옵니다. 수류탄의 외형을 소성 기계로 찍는다면 무게를 획기적으로 줄일 수 있사옵니다. 크기도 당연히 작아질 것이고요."

화약 기술자가 가세했다.

"내부에 탄환을 넣지 않고 외형을 폭발력으로 비산시키자는 발상이 기발하옵니다. 그렇게 하면 장약량도 늘어나 폭발력도 크게 증대시킬 수 있사옵니다. 특히 하부에 나무 막대를 꽂아 거기다 심지를 넣으면 무게가 경감되어 야전의 효율성이 크게 증대될 것이옵니다."

"정확한 지적이에요. 금속 탄피 총탄과 포탄, 그리고 비가 와도 젖지 않는 수류탄은 우리 군의 전투력을 폭발적으로 증대시킬 거예요."

장인권도 적극 거들었다.

"맞습니다. 야전에서 비를 피하며 전투를 벌일 수는 없사옵니다. 그런 우천에서 전투가 벌어진다면 본국의 신무기가 새로운 지평을 열어 나가게 될 것이옵니다."

"좋습니다. 이제 남은 과제는 포가(砲架)를 갖춘 후장식 대포입니다. 돌아가시거든 강화의 기술개발청으로 사람을 보내 좋은 성과가 있기를 바란다고 전해 주세요."

"그렇게 하겠사옵니다."

"여러분들께서는 지금까지 잘해 오셨습니다. 그러니 수류탄 개발도 좋은 결과가 있을 거라 믿어 의심치 않습니다."

장인권이 대표로 인사했다.

"저하의 기대에 부응하기 위해서라도 반드시 성공하겠사옵니다."

세자가 김 내관을 시켜 은화 주머니를 건넸다.

"가져가셔서 고생한 직원들을 위로해 주세요."

장인권이 반색을 했다.

"황감하옵니다. 모든 직원을 대신해 감사드리옵니다."

세 사람이 거듭 인사를 하며 돌아갔다.

✣

며칠 후.

비원의 보고가 들어왔다.

김관주의 자택에서 얼마 떨어지지 않은 곳에 안가를 구했다는 보고였다. 세자는 안가에 신분을 위장한 비원 요원을 부부로 들어가 살게 했다.

이때부터 김관주와 그를 추종하는 무리의 감시망은 더욱 촘촘해졌다.

그리고 얼마 후.

이원수가 급히 세자를 찾았다.

"저하, 드디어 기방 하인의 꼬리를 잡았습니다."

"꼬리를 잡다니요?"

"얼마 전부터 기방 하인이 우리의 감시망을 피해 잠깐씩 자리를 비웠던 것 같습니다."

세자가 의아해했다.

"그걸 지금까지 방치하다니, 감시망이 소홀했던 겁니까?"

"그건 아닙니다. 원거리 감시이다 보니 아무래도 빈틈이 생기지 않을 수가 없사옵니다. 기방 하인이 너무도 우연히 그 틈을 찾아냈나 봅니다."

"그래서 어떻게 되었지요?"

"그자를 감시하던 요원들이 어제는 감시 체계를 달리했다고 합니다. 기방 하인의 움직임이 너무 없어서요."

"그렇게 바꾼 감시망에 기방 하인의 움직임이 포착된 거로군요."

"그렇사옵니다."

"그자가 기방을 나와 무슨 일을 벌였습니까?"

"놀랍게도 남산에 있는 군기시 장인을 찾아갔다고 하옵니다. 그런데 기방 하인을 맞이하는 군기시 장인의 태도가 하루 이틀 본 사이가 아닐 정도로 정겹다고 했사옵니다."

세자가 흠칫했다.

"오래전부터 알고 지냈단 말인가요?"

"거기까지는 아직 확인을 못했사옵니다."

이원수가 목소리를 달리했다.

"저하! 이제 더 이상 두고 볼 수는 없사옵니다. 군기시 장인이라면 화기를 다루는 자입니다. 기방 하인이 그런 군기시 장인을 자주 만났다는 건 분명 악랄한 의도가 있어서 일겁니다."

세자가 침음했다.

"으음!"

군기시 장인이라는 말에 자신도 모르게 긴장이 되었다. 그러면서 기방에서 나누던 대화 중에 들었다는 비격진천뢰가 머릿속을 떠나지 않았다.

　그럼에도 세자는 더 냉정해졌다.

　'아직은 부족해. 김관주를 옥죌 수단은 기생어미가 들었다는 비격진천뢰라는 말밖에 없어. 그 정도로는 이런저런 변명으로 꼬리 자르기를 한다면 대응할 수단이 마땅히 없어.'

　고심하던 세자가 지시했다.

　"아직은 아니에요. 분명한 증거가 필요해요. 만일 기방 하인이 군기시 장인과 모의를 꾸몄다면, 분명 그 물증이 어딘가에 있을 거예요. 그러니 지금부터 총력을 기울여 그 물증을 찾으세요."

　이원수는 아쉬웠다. 그러나 세자가 지시를 내린 까닭을 모르지 않기에 그대로 머리를 숙였다.

　"알겠습니다."

　"그리고 기방 하인의 정체에 대해서는 아직도 오리무중입니까?"

　이원수가 난감한 표정을 지었다.

　"송구하지만 더 이상 새로운 사실을 알아내지 못했습니다. 기생어미의 도움으로 그가 살았던 절을 찾아가 봤습니다. 그러나 어려서 노인과 함께 왔다는 사실 이외에는 사정을 알고 있는 사람이 아무도 없었습니다."

　"노인이 혹시 하인인지에 대해서도 조사해 봤나요?"

　"그런 가정을 갖고 조사를 했지만, 특별히 연관되는 일을 찾아내지 못했사옵니다."

세자가 아쉬워했다.

"어쩔 수 없는 일이지요. 그 문제는 더 이상 신경 쓰지 말고 현안에 집중해 주세요."

"알겠습니다. 그리고 군기시 장인은 지금부터 일거수일투족을 집중 감시하겠습니다."

다른 때와 달리 세자가 선선히 동의했다. 비격진천뢰가 머리에서 떠나지 않았기 때문이다.

"그렇게 하세요. 그러나 대놓고 감시를 하면 안 됩니다."

"당연히 그렇게 할 것입니다."

"수고해 주세요."

"예, 그럼."

고개를 숙인 이원수가 급히 나갔다.

세자가 한숨을 내쉬었다.

"후! 답답하네."

김 내관이 급히 다가왔다.

"갑자기 어인 한숨이옵니까? 어디 불편하신 데라도 있사옵니까?"

"가슴이 답답해서 그래."

김 내관이 크게 놀랐다.

"당장 어의를 대령하겠사옵니다."

세자가 손을 저었다.

"몸이 아픈 게 아니라 마음이 안 좋아서 그래."

"아! 예."

"온 나라가 지방행정 개혁에 정신이 없어. 아바마마와 조정도 그 일로 연일 머리를 맞대며 회의를 하시고. 그런데도 한쪽에서는 모략을 꾸미고 있으니 생각할수록 가슴이 답답해."

김 내관이 조심스럽게 건의했다.

"좌익위의 말씀대로 하시지요. 이러시다 저하께서 건강을 해치실까 저어되옵니다."

세자가 단호히 거절했다.

"아니야. 그럴 수는 없어. 이번 기회에 발본색원해야 해. 그러지 않으면 두고두고 걸림돌이 될 거야."

"저하께서 관장하시는 업무가 하나둘이 아니옵니다. 그런 저하께서 너무 이 일에 매달리는 것을 보면 안타깝기 그지없사옵니다. 차라리 주상 전하께 사실을 고하시지요."

세자가 고개를 저었다.

"그래도 내가 해야 해. 그렇지 않고 아바마마께서 관장하시면, 왕대비 마마와의 관계 때문에 일이 이상하게 흘러갈 수 있어."

이 말을 한 세자는 상무사의 보고서로 시선을 돌렸다.

김 내관은 어쩔 수 없다는 표정으로 한숨을 내쉬면서 몸을 돌렸다.

11월에 접어들면서 조정이 분주해졌다. 내년부터 시행될 지방행정 개편에 적극 대응하기 위해서였다.

수많은 현안이 조정에 접수되었다. 이런 현안 중에는 중신들도 처음 경험하는 일이 많았다.

이런 일이 발생하면 국왕은 자주 세자를 불러 의견을 구했다. 놀랍게도 이런 난제의 상당 부분에 대한 해답을 세자가 제시했다. 덕분에 세자는 거의 매일 편전을 찾았다.

그래도 조강만큼은 절대 거르지 않았다. 그뿐이 아니라 유생들과의 토론도 정기적으로 개최했다.

물론 수시로 여의도도 찾았다.

이러한 세자의 일정에 중신들은 하나같이 감탄했다. 그와 함께 세자에 대한 기대와 호감은 더없이 높아졌다.

❀

그러던 11월 중순.

세자는 여느 때처럼 조강을 끝내고 잠시 휴식을 취했다. 그런 세자를 이원수가 급히 찾았다.

"저하! 드디어 결정적 증거를 찾았사옵니다."

무슨 증거인지는 말하지도 않았다. 그럼에도 세자는 이원수의 말을 바로 알아들었다.

"군기시 장인에게서 나온 건가요?"

"그러하옵니다. 저하께서 예상하셨던 대로 군기시 장인이 은밀히 휴대용 수류탄을 만들고 있었사옵니다."

세자가 눈을 빛냈다.

"독단적이었던가요? 아니면 기방 하인의 권유를 받았던가요?"

"기방 하인의 권유를 받았다고 했사옵니다."

"그 증좌는요?"

"마포 객주가 김관주에게 준 어험 천 냥짜리를 군기시 장인이 조선은행에서 교환했사옵니다. 그 현장을 경찰과 우리 요원이 덮쳤사옵니다."

세자가 쾌재를 불렀다.

"되었다! 드디어 결정적 증거를 잡았구나. 군기시 장인은 어떻게 조치했지요?"

"경찰이 긴급 구속했사옵니다. 그런 뒤 그의 집을 뒤져 물증과 신병을 확보했사옵니다."

세자가 확인했다.

"주범인 김관주는 지금 어디에 있나요?"

"그의 자택에 있다는 보고이옵니다."

"좋습니다. 지금 즉시 경찰과 공조해 김관주와 그 일당을 모조리 잡아들이세요. 그리고 무엇보다 기방 하인의 신병을 확보해야 합니다. 만일 그 자를 놓치면 김관주 일당에 대한 소탕에 실패할 수 있다는 점을 반드시 유념하세요."

이원수가 자신했다.

"성려 마십시오. 그 자가 아무리 날고뛰는 무예가라고 해도, 우리 요원까지 합세하면 충분히 체포할 수 있사옵니다."

"그래도 만사불여튼튼이니 병력을 최대한 이끌고 가서 체포하세요."

"예, 알겠사옵니다."

세자가 자리에서 일어났다.

"나는 지금 즉시 아바마마께 상황을 보고드리겠어요."

이원수도 바로 행동했다.

"알겠습니다. 소신은 궐을 나가는 즉시 경찰청과 공조하겠사옵니다."

"수고해 주세요."

두 사람이 동시에 동궁을 나와 갈라졌다.

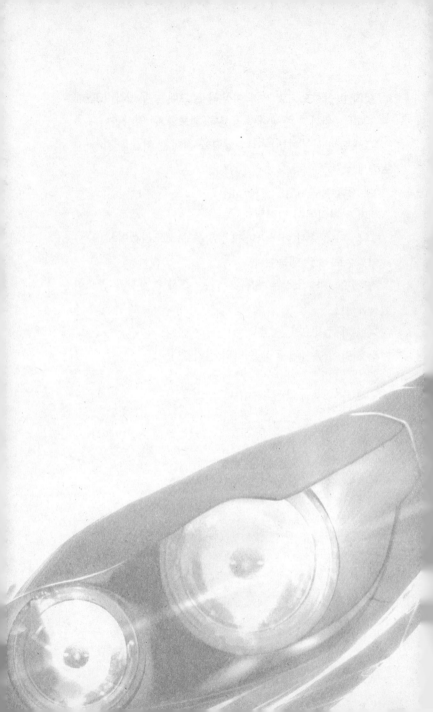

발론색원

　편전을 찾은 세자는 난감했다. 국왕이 중신들과 함께 국정 현안을 논의하고 있었기 때문이다.

　세자를 본 국왕이 반색을 했다.

　"오! 세자가 왔구나. 어서 들어오너라."

　영의정 이병모도 환대했다.

　"어서 오십시오. 그렇지 않아도 이제나저제나 저하께서 오시기를 기다리고 있었사옵니다."

　세자가 머쓱해했다.

　"영상께서 너무 과한 말씀을 하십니다. 국정 현안을 논의하는 자리입니다. 그런 자리에서 저를 기다렸다니요."

　"하하하! 사실을 사실로 말하는데 무슨 문제가 있다고 그러십니까?"

좌상 심환지도 동조했다.

"영상의 말씀이 맞습니다. 저하께서 수시로 난제를 풀어 주신 덕분에 조정 업무가 크게 줄어들었사옵니다. 덕분에 애써 늙은 머리를 굴리지 않아도 되니 얼마나 고마운지 모르옵니다."

"허허허!"

"하하하!"

심환지의 농담에 편전이 웃음바다가 되었다. 국왕도 이토록 화기애애한 조정은 처음이어서인지 누구보다 크게 웃었다.

세자도 겉으로는 분위기에 동참했다.

그러나 무거운 보고를 해야 하는 속마음은 더없이 무거웠다. 더욱이 너무도 밝게 웃는 국왕을 보고는 쉽게 입을 열지 못했다.

조정 중신들은 수많은 격랑을 헤치고 지금의 자리까지 올라왔다. 이런 중신들이 세자의 미묘한 반응을 눈치채는 건 어렵지 않았다.

우의정 서용보가 나섰다.

서용보의 나이 40대 초반이다. 그럼에도 정승의 반열에 오를 만큼 국왕의 총애가 지극했다. 그만큼 능력이 뛰어났으며 국왕에 대한 충성도도 누구보다 높았다.

"저하, 무슨 일이 있사옵니까? 안색이 심히 좋지 않사옵니다."

세자는 순간 당황했다. 좋은 분위기를 깨트리기 싫어 조심했음에도 내심이 들켜 버린 것이다.

이번에는 국왕이 나섰다.

"허허! 무슨 일이 나기는 났나 보구나. 매사에 차분한 세자가 우상의 말 한마디에 저렇게 당황하고 있어."

심환지도 가세했다.

"그러게 말이옵니다. 신도 세자의 저런 모습은 처음이옵니다."

상황이 이리되자 편전의 분위기는 급격히 가라앉았다.

세자는 평정심을 유지 못한 자신을 탓하면서 몸을 숙였다.

"실은 아바마마께 시급히 아뢸 사안이 있어서 찾아뵈었사옵니다."

국왕이 정색을 했다.

"세자가 이렇게 긴장한 모습은 처음이구나. 그래. 무슨 급한 일인지 어서 말해 보거라."

"……역모가 있었사옵니다."

순간 편전의 공기가 급전직하했다.

쾅!

분노한 국왕이 탁자를 내리쳤다.

"무엇이 어쩌고 어째! 역모? 정녕 그 말이 사실이더냐?"

세자가 바로 무릎을 꿇었다.

"소자의 나이가 아직 어리다고 하나 어찌 편전에서 희언을 고하겠사옵니다. 분명한 사실이고, 그 증좌와 증인도 확보했사옵니다."

서용보가 침착하게 확인했다.

"저하! 지금과 같은 태평성대에 역모라니요. 대체 어느 누가 그런 짓을 저질렀다는 말이옵니까?"

"후! 한두 사람이 아니라 가담자들이 꽤 많아요."

국왕이 대노했다.

"무엇이라고? 역모에 가담한 자들이 한둘이 아니라니. 그 자들이 대체 누구이더냐?"

세자가 숨을 고르고서 대답했다.

"주모자는 김관주와 김인주이옵니다. 그리고 그들에 동조한 자들은……."

세자의 설명은 오랫동안 이어졌다.

처음부터 왕대비의 척족이 거론된 탓에, 편전의 분위기는 납덩이를 누른 듯 무거웠다. 분노했던 국왕도 김관주가 거론되자마자 이내 차분해졌다. 그리고 세자의 설명이 끝날 때까지 이글거리는 눈으로 몸조차 움직이지 않았다.

"……이렇게 된 일이옵니다."

국왕이 탁자를 다시 내리쳤다.

탕!

"다른 사람도 아니고 왕실 척족이 역모에 연루되다니. 내 일찍이 그자의 흉험함을 알고 있어 경계해 왔는데, 기어코

사달을 내고 말았구나."

국왕이 몇 번이고 이를 갈았다.

그런 국왕이 세자에게 확인했다.

"지금 어떻게 조치를 취했느냐?"

"상황이 급해 좌익위의 모든 병력을 동원했사옵니다. 그래서 경찰청과 합동으로 역모 가담자들을 체포하게 했사옵니다."

"잘했다. 역모 같은 중한 사건일수록 일거에 체포해야 뒷말이 나오지 않는다."

세자의 설명을 들은 심환지는 착잡했다.

그는 얼마 전 김관주의 청탁을 들어준 사실을 떠올렸다.

'하아! 아무래도 일파만파로 번질 거 같구나. 김관주가 불만이 많은 건 알았지만 역모를 꾸밀 줄은 생각지도 못했구나. 그에 동조하는 자들은 분명 우리 당여일 터인데, 이 일이 어디까지 번질지 예상조차 할 수가 없구나.'

이병모가 이런 심환지를 보며 의아해했다.

"좌상 대감께서 무슨 생각을 그리 하십니까?"

심환지가 흠칫했다.

그러면서 내심과는 다른 말을 꺼냈다.

"저하의 설명을 되새겨 보고 있었소이다. 저하. 말씀에 따르면 역모가 어제오늘 준비된 게 아닌 거 같습니다. 그런데도 저하께서는 역모 사건을 왜 지금까지 조정이나 주상 전하께 알리지 않으셨사옵니까?"

"역모 사건이어서 그랬어요."

"그게 무슨 말씀이신지요?"

"아바마마께서 즉위하시고 몇 번의 역모가 일어났어요. 아쉽게도 그런 역모 사건 중에는 당파 논리에 매몰된 사건도 있었지요. 그 바람에 제대로 발본색원을 못 하고 덮기도 했고요."

국왕과 심환지의 얼굴이 동시에 붉어졌다. 두 사람 모두 한 사건을 기억해 냈기 때문이다.

국왕 초기 자객 사건은 벽파가 주동했다.

그럼에도 벽파는 자객 사건을 은전군의 역모 사건으로 엮으면서 꼬리를 잘랐다. 덕분에 벽파는 기사회생으로 살아났고, 단지 추대만 받았던 은전군은 억울하게 사사되었다.

이러한 은전군의 죽음에 왕대비도 결정적 역할을 했다. 그래서 한 사람은 회한에, 다른 한 사람은 부끄러워 얼굴을 붉힌 것이다.

세자의 말이 이어졌다.

"두 번 다시 그런 일이 일어나면 안 된다고 결심했어요. 그래서 이번에 사특한 생각을 갖고 있는 자들을 철저하게 발본색원하려고 했습니다."

심환지가 다시 나섰다.

"김관주는 왕대비 마마의 척족입니다. 가문도 경주 김씨

개혁군주

로 교류하는 사람이 적잖이 많습니다. 그런 그가 이런저런 사람을 만나고 다니다 보면 선의의 피해자가 발생할 수가 있지 않겠습니까?"

세자가 딱 정리했다.

"그 사람이 만났던 사람이라고 해도 같은 생각을 갖고 있다고 볼 수는 없어요. 그리고 그런 오류를 범하지 않기 위해 익위사의 무관들이 철저하게 조사를 해 왔고요. 그러니 좌상 대감께서 우려하시는 선의의 피해자는 발생하지 않을 거예요."

국왕이 세자를 지지했다.

"세자의 생각이 맞소. 지금은 대격변기요. 이런 변환기에는 낙오자가 생기기 마련이오. 그런 자들 중에는 시류를 탓하며 개혁에 불만을 품다가 사특한 생각을 하는 자들도 나오기 마련이오. 이런 자들이 공연한 생각을 갖지 못하도록 이 사건을 철저하고 확실하게 처리해야 할 것이오."

이병모가 거들었다.

"타산지석으로 삼게 하자는 말씀이군요."

국왕의 목소리가 높아졌다.

"그렇소이다. 과인은 군주의 권한까지 대폭 내려놓으며 개혁을 추진하고 있소이다. 모든 백성이 더불어 잘 사는 나라를 만들기 위해서요. 허나 알량한 기득권조차 포기하지 않으려는 자들까지 보듬고 싶은 생각은 조금도 없소이다."

잠시 편전에 정적이 감돌았다.

심환지가 조심스럽게 의견을 냈다.

"그래도 개전의 정이 있는 자들은 회생의 기회를 주어야 하지 않겠사옵니까?"

의외로 세자가 나섰다.

"그렇게 해서는 안 됩니다. 아바마마께서는 몇 차례 개혁에 대한 윤음을 반포하셨습니다. 그럼에도 그것을 어기고 죄를 지은 자들을 어찌 봐준단 말이옵니까? 배려를 당연하게 받아들이는 사람은 개전의 정이 없는 자이니, 이전보다 더 중하게 다스려야 하옵니다."

세자의 강력한 발언에 모두들 놀랐다.

단 한 사람, 국왕만큼은 세자를 적극 지지했다.

"옳은 말이다. 개혁을 거스르려고 역심을 품은 자들을 철퇴로 다스려야 한다. 도승지는 들으라."

도승지 윤행임(尹行恁)이 몸을 숙였다.

"하교하여 주시옵소서."

"역모가 발생했다. 전군에 갑호비상령을 발효한다. 금군은 지금 즉시 대궐을 비상 숙위하게 하며, 수도방어사령부로 하여금 도성을 방어토록 하라."

중신들은 깜짝 놀랐다.

세자도 강한 처벌을 주장했는데, 국왕은 한발 더 나갔다. 그럼에도 누구도 이런 하교가 과하다는 발언을 하지 못했다.

도승지가 몸을 숙였다.

"즉각 조치하겠사옵니다."

도승지가 편전을 나갔다.

그가 나가자마자 밖이 소란스러워졌다. 그와 동시에 금군 병력이 배치되는 소리와 호통 소리가 사방에서 울려 퍼졌다.

그런 소리가 커질수록 중신들의 표정은 착잡해져 갔다.

국왕이 좌중을 둘러봤다.

"아무래도 오늘의 상참은 여기서 접어야 할 거 같소이다. 그러니 경들은 이만 물러가 각 임소에서 대기토록 하시오."

"명심하겠사옵니다."

중신들은 국왕에게 인사를 하고는 급히 편전을 나갔다.

그런 중신들을 바라보던 국왕이 세자에게로 시선을 돌렸다.

"발본색원에 자신이 있느냐?"

세자가 소매에서 서류를 꺼내 바쳤다.

"지난 몇 개월간 취합된 보고서입니다."

국왕이 의아해했다.

"중신들이 있을 때 주지를 않고 왜 지금 주는 것이냐?"

"정보 보고는 되도록 적은 사람이 접하는 게 좋다고 생각하옵니다. 그리고 아바마마께서만 보아야 하는 정보도 있고요."

"그렇구나."

국왕이 보고서를 넘기다 멈칫했다.

"왕대비전의 상궁도 가담이 되었어?"

"김관주와 이전부터 가깝게 지내던 상궁이었던 것 같습니다. 그래서……."

세자가 상황 보고를 했다.

보고를 받은 국왕의 용안은 더없이 침중했다.

비슷한 시각, 북촌.

경찰청의 지원을 받은 비원 요원들이 도착했다. 북촌에 도착한 이들은 이미 파악하고 있던 가담자를 색출하기 위해 사방으로 흩어졌다.

이원수가 경찰청장과 함께 김관주의 저택을 찾았다.

경찰청장이 대동한 병력에게 지시했다.

"문을 두드려라."

쾅! 쾅! 쾅!

"이리 오너라!"

김관주의 청지기가 짜증을 냈다.

"뉘신데 이렇게 심하게 문을 두드리는 거요?"

"경찰에서 나왔다. 어서 문을 열어라!"

경찰이라는 소리에 청지기의 안색이 파랗게 질렸다. 그는 김관주를 호종하고 다니느라 무슨 일이 진행되고 있는지 잘 알았다.

청지기가 소리쳤다.

"잠시 기다리시오. 영감마님께 먼저 여쭙고 오겠소."

청지기가 급히 사랑으로 달려갔다.

경찰청장은 기다리지 않았다.

"월담해서 문을 열어라."

동행한 경찰 병력이 능숙하게 담을 넘었다. 열린 대문으로
들어간 경찰청장이 소리쳤다.

"집안사람은 누구도 예외 없이 포박하라."

"와!"

육모방망이를 든 병력이 집 안으로 흩어졌다.

이원수가 경찰청장과 함께 사랑채로 갔다.

퍽!

"으악!"

"왜 이러는 거요!"

사방으로 흩어진 경찰들은 인정사정보지 않고 모조리 포박
했다. 갑작스럽게 당한 일이지만 당연히 몇 사람은 반항했다.

퍽! 퍽! 퍽!

"으악! 아악!"

경찰의 방망이는 눈이 없었다. 그러다 보니 누구라도 반항
하면 예외 없이 무력으로 제압했다.

이원수가 사랑채에 도착하니 김관주도 곳곳에 피가 터진
채로 마당으로 끌려나와 있었다.

"이놈들! 내가 누군 줄 알고 이러느냐. 네놈들이 감히 이

러고도 살아남기를 바라느냐! 으악!"

퍽! 퍽!

호통은 컸으나 육모방망이를 당하지는 못했다.

그러나 김관주는 연신 비명을 지르면서도 쉽게 포박되지 않으려 했다. 그럴수록 방망이 세례는 거세져만 갔다. 그 바람에 온몸이 피투성이가 되고서야 저항을 멈추고 포박되어 무릎이 꿇렸다.

이원수가 기다렸다 앞으로 나갔다.

김관주가 눈에 불을 켜며 이를 갈았다.

"으득! 네놈들은 누구냐? 대체 누군데 왕대비 마마의 족친에게 이리 행패를 부리는 게냐?"

이원수가 은근히 비아냥댔다.

"어처구니가 없네. 죄를 지었으면 용서를 구해야지, 끝까지 왕대비 마마를 앞세우는 거요?"

"으득! 너는 누구냐?"

"나는 세자익위사의 좌익위 이원수요."

김관주가 흠칫했다. 그도 이원수가 세자의 최측근이란 사실을 모르지 않았기 때문이다.

"세자가 시킨 일이더냐?"

"하하! 이거 참. 누가 시키든 그게 무슨 문제요?"

"으득! 아무리 세자라 해도 이렇게 나를 능멸할 수는 없다. 나는 왕실 제일 어른이신 왕대비 마마의 가장 가까운 족친이다. 네놈은 세자는 무섭고 왕대비 마마는 무섭지 않은가 보구나."

이원수가 인상을 썼다.

"끝까지 왕대비 마마를 끌어들이려고 하네. 이보시오, 김 첨지사. 내가 왜 이렇게 많은 병력을 이끌고 왔는지, 정녕 아직도 감이 잡히지 않는 거요?"

김관주가 머릿속에 뭔가를 떠올리고는 안색이 하얗게 변했다.

그 모습을 본 이원수가 혀를 찼다.

"쯧쯧! 저런 눈치로 역모를 획책해 왔다니. 참으로 놀랄 일이네. 아니, 그보다 저런 사람을 믿고 동조한 사람들은 또 뭐야."

김관주의 안색이 이번에는 완전히 검게 변했다.

"지, 지금 역모라고 했느냐?"

이원수가 김관주를 노려봤다.

"저자가 오냐오냐 대우해 주니 내가 제 부하인 줄 아는구나. 여봐라."

경찰 몇 명이 즉시 대답했다.

"예, 나리."

"저자가 아직도 자신이 첨지사인 줄 착각하는가 보구나. 저런 자는 앞으로의 국문을 위해서도 숨을 죽여 놓을 필요가 있다. 그러니 저 뻣뻣한 고개부터 제대로 고쳐 놓도록 해라."

"예, 알겠습니다."

대답한 몇 명의 경찰이 몸을 돌렸다. 그러고는 육모방망이를 다잡자 김관주가 호통을 치려 했다.

허나.

퍽!

"으악!"

경찰은 그가 말을 할 틈을 주지 않았다. 육모방망이가 떨어질 때마다 비명 소리가 진동을 했다.

퍽! 퍽! 퍽!

박달나무로 만든 육모방망이는 잠시간에 김관주를 완전히 저며 놨다.

이원수가 손을 들어 제지한 뒤 가까이 다가갔다.

"으! 으!"

바닥에 널브러진 김관주는 신음 소리만 냈다.

그런 그에게 이원수가 몸을 구부려서 질문했다.

"아직도 그대가 첨지사라고 생각되시오?"

"으! 아, 아니……오."

"이제야 죄인이 죄인다워졌구나. 앞으로 말조심하시오. 그대는 대역 죄인임을 명심하시고. 알겠소?"

"그, 그렇게 하리다."

이원수가 몸을 일으켰다.

그리고 경찰청장을 바라봤다.

개혁군주

"청장님, 이제 죄인을 압송해도 되겠사옵니다."

경찰청장이 지시했다.

"죄인과 그의 가솔을 모조리 압송하라."

"예, 알겠습니다."

이원수가 고개를 숙였다.

"청장님이 계시는데 주제넘게 나서서 송구합니다."

경찰청장이 펄쩍 뛰었다.

"그게 무슨 말씀인가. 조정 직제 때문에 그대의 품계가 낮은 것이지, 실질적으론 당상관이나 다름없지 않은가."

경찰청장의 목소리가 낮아졌다.

"더구나 이 좌익위가 비원을 관장하고 있다는 사실을 알만한 사람은 다 아는 사실이네."

이 말을 김관주는 용케도 알아들었다.

"비, 비원을…… 좌익위가 관할한다고?"

경찰청장이 헛웃음을 지었다.

"허허! 이런. 말을 조심하려다 실수했네. 이보시오. 그런 사실도 모르고 음모를 꾸몄다는 거요? 그러니 사달이 날밖에. 내가 알기로도 비원에서는 이미 오래전부터 그대와 그대를 추종하는 자들을 감시해 왔소이다."

"아아!"

경찰청장이 꾸짖었다.

"나라를 뒤집어엎겠다고 역모를 꾸미면서 그런 중요한 사실조차도 몰랐다니. 참으로 어리석기 그지없는 사람이었구나. 여봐라! 보기 싫으니 어서 끌고 가라."

김관주는 끌려가면서 이원수를 노려봤다.

그런 눈길을 받으며 이원수는 한껏 비웃어 주었다.

"노려본다고 달라질 건 없소. 그대는 처음부터 세자 저하의 손바닥에 놀고 있는 손오공이었단 말이오. 왕대비 마마께서 왜 그토록 자중자애 하라고 당부했는지 그 이유를 아직도 모르겠소?"

김관주가 크게 놀랐다. 왕대비와 나눴던 밀담을 이원수가 거론하고 있었기 때문이다.

"……그 말을 어떻게 당신이?"

이원수가 고개를 저었다. 그러고는 기가 막힌다는 표정으로 비아냥거렸다.

"내가 그대가 왕대비 마마와 나눴던 밀담을 어떻게 알고 있냐고 놀라는 거요? 참으로 어리석은 양반이네. 대궐은 벽에도 귀가 있다는 말도 몰랐소? 이보시오, 김 첨지사. 왕대비전이 뭐 난공불락의 요새라도 되는 줄 알았소?"

"그, 그럼……."

"예. 이미 오래전부터 대부분의 상궁 나인은 우리 사람이 되었소이다. 그래서 당신과 공모한 상궁과 나인의 행태도 벌써부터 알고 있었고요. 그런 사실도 모르게 기고만장 설치더니 꼴좋소이다."

"아아!"

김관주는 온몸에 모멸감이 휘돌았다.

거사도 치르지 못하고 잡혔다는 억울함은 아무것도 아니었다. 세자의 손아귀에 놀아났다는 생각에 절로 몸을 떨려왔다.

이원수가 한발 물러섰다.

"자! 그만 되었으니 끌고 가시게."

김관주의 양옆을 잡고 있던 경찰이 그를 질질 끌고 나갔다. 본채 마당에서 그 모습을 본 그의 식솔들이 놀라 울부짖었다.

대문 앞에는 이미 죄인을 호송할 마차가 대기해 있었다. 경찰이 김관주를 호송마차에 싣고는 목에 칼을 씌우고 발목에 차꼬를 채웠다.

이러는 사이 사방이 구경꾼들로 매워졌다.

"죄인을 호송하라."

"가자!"

김관주의 가솔들이 울부짖었다.

"아이고, 영감!"

"대체 무슨 일인데 우리 영감마님을 이리 끌고 가신단 말씀이오."

"아이고, 아이고."

김관주는 눈을 꽉 감았다. 그러나 울부짖는 가솔들의 목소리는 더 크게 들렸다.

　이날, 이런 장면은 북촌 곳곳에서 연출되었다. 그 바람에 북촌 일대가 온통 울음바다가 되었다.

　그리고 또 한 곳.

　광통방의 기방은 난장판이 되었다.

　구장겸을 체포하기 위해 출동한 비원 요원들과 경찰 병력은 이십여 명이었다. 비원 요원들을 사전 조사로 구장겸의 무예가 출중하다는 걸 알고 있었다. 그래서 무력을 갖춘 요원들이 출동했다.

　그 덕에 체포는 했으나, 세 명이 중상을 입고 십여 명이 자잘한 부상을 당했다. 그만큼 체포 과정은 격렬했다. 구장겸은 몇 곳이 부러지고 깨지는 중상을 입고서야 저항을 포기했다.

　북촌이 뒤집히고 광통방의 기방이 박살 났다. 더구나 역모 사건이어서 소문은 삽시간에 번졌다.

　소문이 돌 즈음 대궐 문이 닫혔다. 이어서 수도방어사령부가 도성 성문을 장악하고는 철저하게 검문검색을 실시했다.

　전광석화 같은 병력 배치로, 관련자들 누구도 도성을 빠져나가지 못했다. 이어서 일몰과 동시에 성문이 닫히고 통금이 실시되었다.

　이날 저녁.

　국왕이 세자를 불렀다. 세자가 전각에 도착하니 상선이 고개를 숙이고는 문을 열어 주었다.

"이리 내려와 앉아라."

국왕은 자음 자작하고 있었다.

세자가 술상 앞으로 다가가 앉았다. 잔이 빈 것을 본 세자가 주전자를 들어 공손히 술을 따랐다.

"일벌백계로 다스려야겠지?"

세자의 대답이 강경했다.

"물론이옵니다. 철저하게 죄상을 물어 철퇴를 내려야 하옵니다."

국왕이 잔을 단숨에 비웠다. 세자가 공손히 주전자를 들어 술을 따랐다.

"후! 아비도 같은 생각이다. 헌데 왕대비께서 사람을 보내셨구나."

"온정을 베풀어 달라고 하셨사옵니까?"

"그래."

세자가 딱 잘랐다.

"있을 수 없는 일이옵니다. 만일 일이 잘못되었다면 소자가 위험했사옵니다."

"나도 그래서 이번만큼은 단칼에 거절했다. 한두 명도 아닌 수많은 자들이 연루된 역모에 어떻게 주모자를 봐줄 수가 있겠느냐. 더구나 세자인 너를 노린 일인데."

세자가 더 강하게 나섰다.

"아바마마, 절대 흔들리시면 아니 되옵니다. 지방행정 조직이 개편 직전이어서 온 나라가 긴장하고 있는 상황이옵니다. 그러한 때 왕실이 역모에 유약하게 대처하면 국가 기강이 흔들리게 되옵니다. 그리되면 이어질 국가 대사에 차질은 물론이고 대업마저 어렵게 되옵니다."

국왕의 눈빛이 살아났다.

"네 말이 맞다. 과인도 결단코 용서하고 싶은 생각은 없다. 허나 왕대비 집안과 왕대비전의 상궁이 연루된 게 문제다."

세자가 국왕의 고민을 알아챘다.

"중신들이 왕대비 마마까지 얽어 넣을까 저어되옵니까?"

"역시 세자는 바로 문제를 찾아내는구나. 그래, 맞다. 이번 역모의 주모자들이 전부 왕대비 마마의 척족과 수족이야. 그런 일이 알려지면 대간(大諫)들이 가만있지 않을 게다."

조정 조직이 개편되면서 삼사도 감사원과 검찰 등으로 분화되었다. 국왕이 갖고 있던 권력을 대폭 이양하면서, 이 기관들의 주 업무는 조정 조직의 감사와 관리의 비리 조사로 바뀌었다.

그렇다고 해서 간쟁(諫諍)의 기능까지 완전히 없앤 것은 아니었다.

"감사원이 가만히 있지 않겠네요."

"그렇지. 그들로서는 모처럼의 간쟁거리가 생겼다. 더구나 왕대비 마마가 관련된 왕실의 일이니, 절대 그냥 넘기지 않을 게다."

세자가 핵심을 짚었다.

"강성 벽파를 찍어 낼 기회이니 더 그러하겠지요."

"맞다. 오회연교 이후 강성 벽파의 위세가 급격히 수축되었지만, 그래도 숫자가 상당하다. 그런 강성 벽파를 조정에서 찍어 낼 기회이니 끝까지 물고 늘어질 가능성이 높다. 그리고 좌상 대감이 나에게 이실직고했다. 마포 객주가 청탁한 사항을 들어주었다고."

세자도 알고 있는 사안이었다.

"소자도 그 일은 보고를 받았사옵니다."

국왕이 안타까워했다.

"후! 아무래도 좌상도 이번에 물러나야 할 듯하구나. 그러지 않는다면 간쟁에 휘말려 큰 곤욕을 치르게 될 거 같구나."

"아바마마께서는 좌상의 퇴진이 아쉬우신가 보옵니다."

"아쉽지. 벽파의 수장이지만, 그래도 과인과는 오랫동안 마음을 맞춰 온 사람이 좌상이다."

"하오나 청탁은 큰 잘못이옵니다."

"그래. 그래서 좌상도 마음의 각오를 하고 있더구나. 헌데 다른 사람은 모르지만, 좌상만큼은 벌을 주고 싶지가 않구나."

세자가 몸을 숙였다.

"황공하오나 읍참마속의 심정으로 정리하소서. 아바마마께서 사사로운 정리를 버리지 않으신다면 누가 법의 지엄함을 두려워하겠사옵니까?"

국왕이 고개를 저으며 씁쓸해했다.

"네 말이 맞다. 당연히 그래야 한다는 걸 알면서도 마음이 착잡하다. 오십을 살아온 아비도 회자정리 하기가 쉽지가 않구나."

"좌상 대감과 오랜 시절을 함께해 오셨기 때문일 것이옵니다. 하오나 넓게, 멀리 보시옵소서."

국왕의 용안이 커졌다.

"그게 무슨 말이더냐? 넓게, 멀리 보라니?"

"좌상 대감의 성정이 많이 유해졌다고 해도 벽파의 수장입니다. 그런 분이 계속 남아 있으면 아바마마의 숙원을 해소하는 데 늘 걸림돌이 될 수밖에 없사옵니다."

"으음!"

"그리고 은전 숙부님의 한을 풀어 주기 위해서라도 이번에 정리를 끊어 내셔야 하옵니다."

처연했던 국왕의 용안에 분노가 치솟았다.

"으득! 맞다. 억울하게 죽어 간 은전의 한을 풀어 주기 위해서라도 반드시 그래야지."

국왕은 연거푸 몇 잔을 비웠다. 그렇게 분노를 다스린 국왕이 입을 열었다.

"세자야."

"예, 아바마마."

"역모는 중죄여서 죄인도 엄히 다스리지만, 그의 가솔도 전부 노비로 삼았었다. 헌데 우리 조선에는 이제 공노비가 없다. 그래서 말인데, 네가 전에 말한 대로 죄인의 식솔을 해외 영토로 추방해야 할 거 같은데, 어떻게 생각하느냐?"

세자의 대답이 주저 없이 나왔다.

"당연히 그렇게 조치해야 하옵니다. 이번에 역모에 동조한 자들 중 공노비가 폐지되었다는 점을 악용한 자들도 있을 것이옵니다. 그런 자들에게 철퇴를 내리기 위해서라도 추방 조치는 반드시 필요하옵니다."

"추방?"

"그렇사옵니다. 노비는 아니지만 추방시켜 본토 귀국을 금지해야 하옵니다. 그래야 두려워서라도 조심하게 되어 있사옵니다."

국왕이 크게 고개를 끄덕였다.

"좋은 생각이다. 허면 마리아나제도의 어디로 추방해야겠구나."

"지난 몇 개월간 상무사가 마리아나제도 북부에 수십 개의 섬을 더 찾아냈사옵니다. 그 섬들을 서양에서는 보닌(Bonin)제도로 부르옵니다. 위치는 일본과 마리아나제도의 중간 지역이옵니다. 앞으로 추방될 죄인 중 죄질이 중한 자들을 그리로 보내면 되옵니다."

"허허! 완전히 절해고도로구나."

"그렇기는 하옵니다. 허나 지리적으로는 요충지여서 주민을 이주시켜 개척할 필요가 있는 섬들이옵니다. 이번에 조사한 바에 따르면, 일부 섬은 개척을 하면 수천 명이 살 수 있을 정도의 규모라고 했사옵니다."

"섬의 규모가 상당하다는 말이구나."

"예. 그리고 그런 섬들을 잘 활용하면 역모와 같은 판결에 큰 도움이 될 것이옵니다. 아울러 국력 확장에도 보탬이 될 터여서, 죄인들이 죄를 씻는 데 나름대로 도움이 될 것이옵니다."

국왕은 두말하지 않았다.

"알겠다. 네 말을 적극 참고하마."

국왕은 뭔가를 결심했는지 처음보다 훨씬 홀가분한 표정을 지었다.

세자는 국왕이 어떤 생각을 하는지 대강은 짐작했다. 그래서 한 가지는 분명히 했다.

"아바마마, 주모자만큼은 반드시 처리하시는 게 좋사옵니다."

국왕도 선선히 동조했다.

"오냐. 그 말도 잊지 않으마."

⁂

다음 날부터 국청이 열렸다.

국왕 즉위 초기에는 몇 번의 역모 사건이 있었다. 그러다 국정이 안정되면서 20여 년 가까이 역모와 관련된 사건이 없었다.

그러던 차에 역모 사건이 일어났다.

놀랍게도 왕대비의 척족이 주모자라고 한다. 거기다 지방 행정 개혁을 앞둔 상황이어서 온 나라의 관심이 쏠릴 수밖에 없었다.

그런 국청은 첫날부터 난리가 났다.

쾅!

국왕이 대로해 탁자를 내리쳤다.

"뭐가 어쩌고 어째! 기방 하인이 역적 구선복의 서자였다고! 그게 정녕 사실이더냐?"

구선복의 이름이 거론되자 편전은 숨소리조차 들리지 않았다.

취조를 맡았던 검찰청 부장이 조심스러워하며 대답했다.

"죄인이 그렇게 자복했사옵니다."

"과인이 기억하기로 당시 구가의 가솔은 하나도 남김없이 잡아들였었다. 그런데 어찌하여 구가의 서자라는 자가 나타난 것이더냐?"

검찰청 부장이 설명했다.

"……그렇게 해서 얼마 전까지 북한산 암자에 숨어 살았다고 하옵니다."

"허허! 기가 찬 일이로구나. 역모의 수괴에게도 그렇게 충성스러운 노복이 있었다니. 그런데 그렇게 산에서 살던 자가 군기시 장인을 어떻게 알고 있었단 말이냐?"

"김관주가 소개해 주었다고 하옵니다."

국왕이 연신 탁자를 내리쳤다.

쾅! 쾅! 쾅!

"통탄할 일이로다. 애비에 이어 자식까지 역모를 벌이다니. 김관주 그자는 대체 과인과 무슨 억하심정이 있기에 구선복의 서자를 역모에 가담시켰단 말이냐. 더구나 우리 세자를 시해하려고 폭탄까지 만들다니."

우의정 서용보가 나섰다.

"전하, 고정하시옵소서. 국문이 진행되고 있으니, 곧 자세한 진상이 밝혀질 것이옵니다."

국왕이 중신들에게 경고했다.

"조정은! 이번 역모의 모든 과정을 철저하게 발본색원해야 할 것이다. 만일 조금이라도 역도를 도와주거나 의무를 해태하는 자가 있다면 지위 고하를 막론하고 엄히 다스릴 것임을 명심하라!"

"명심하겠사옵니다."

구선복의 이름이 나오자 국왕의 분노가 하늘을 찔렀다. 그런 분노를 조정 중신 누구도 나서서 위무하지 못했다.

그만큼 국왕의 분노가 지극했다.

모든 중신은 국왕과 구선복의 관계를 알고 있었다. 그래서 누구도 국왕의 분노에 직접 맞서려 하지 않았다.

이때부터 국문은 더 격해졌다.

가담자들은 기방 하인이 구선복의 사자라는 사실에 절망했다. 이들은 국왕과 구선복의 악연을 모르는 사람이 없었기 때문이다.

그로 인해 의외의 현상이 벌어졌다.

가담자들은 실낱같은 구명줄을 잡기 위해 모든 사정을 낱낱이 토설했다. 이러다 황해도와 경기 북부 아전 일부가 연루되었다는 사실이 밝혀졌다.

또 한 번 조정이 뒤집혔다.

처음에는 개혁에 낙오되었던 북촌 양반들이 벌인 역모인 줄 알았다. 그런데 구선복의 서자가 가담하고 아전들까지 가세한 사실이 밝혀지면서 역모의 규모가 대폭 커졌다.

황해와 경기 북부에 걸쳐 선풍이 불었다.

역모에 연루된 아전들은 모조리 체포되어 한양으로 압송되었다. 조금이라도 연루된 서원과 가리들도 예외가 없었다.

여기에 역모에 가담한 자들의 가솔도 체포되어 압송되다 보니 그 숫자가 상당했다. 소문은 꼬리를 물고 번져 나갔으며, 얼떨결에 부화뇌동하는 아전들까지 생겨났다.

이들도 예외 없이 체포되어 압송되었다. 그 바람에 한동안 한양이 북새통이 되었다.

보름여 만에 역모에 대한 조사가 끝났다.

주모자 몇 명이 교수형에 처해졌다.

이전이었다면 역모의 주모자는 효수되거나 거열형에 처해졌었다. 그러나 세자의 건의에 따라 교수형으로 집행되었다.

왕대비의 요청은 절반만 들어주었다.

주모자인 김관주는 교수형에 처했다. 그 대신 김인주는 목숨을 구했으나 보닌제도로 유배되었다.

공모자와 가족들도 유배형에 처해졌다. 이들은 사사되거나 노비가 되지 않은 점에는 환호했다.

그러나 가산이 적몰되고 노비들을 데려가지 못한다는 사실에 절망했다. 이렇게 유배형에 처해진 숫자가 수백 명에 이르렀다. 이 숫자도 노비가 제외된 숫자로, 노비까지 포함되었다면 천여 명이 넘었다.

나라를 발칵 뒤집은 역모는 이렇게 정리되었다. 사건이 마무리되었어도 유배되는 사람들이 많아서 한양은 한동안 북적였다.

그런 조치가 모두 끝난 세밑, 국왕이 세자를 불렀다.

개혁군주

국혼

세자가 찾은 전각은 성정각의 뒤에 있는 관물헌(觀物軒)이다. 관물헌은 국왕이 자주 사용하던 전각으로, 창덕궁의 온실인 창순루(蒼荀樓)와 접해 있다.

세자가 동궁을 내려와 전각의 계단을 올랐다. 대청에 있던 상선이 그 모습을 보고 급히 내려와 몸을 숙였다.

"어서 오십시오, 저하."

"추운데 상선이 고생 많아요."

"허허허! 전하를 모시는 내시로서 마땅히 해야 하는 소임이옵니다."

"그래도 연세가 있는데, 옷이라도 두껍게 입으세요."

상선이 감복해 몸을 숙였다.

"황감하옵니다. 저하의 위로와 격려만 들어도 몸이 벌써 훈훈해졌사옵니다."

"별말씀을 다 하세요. 이번 역모에 상선과 내관 여러분이 얼마나 큰 역할을 했는지 내가 잘 알고 있어요. 앞으로도 지금처럼 아바마마를 잘 받들어 주세요."

상선이 다짐했다.

"지금까지도 그래왔지만, 앞으로도 성심을 다해 받들 것이옵니다. 그러나 조금도 성려치 마시옵소서."

"고마워요."

상선이 처음보다 더 정중히 몸을 숙였다.

"오르시지요. 전하께서 기다리고 계시옵니다."

"그래요."

"주상 전하! 세자 저하께서 도착하셨사옵니다."

"어서 들라 하라."

세자가 대청을 올라 방으로 들어갔다.

관물헌은 정면 6간, 측면 3간의 건물이다. 그 중간에 2간의 대청이 있고, 좌우에 방이 있다.

그런 방은 정면 2간, 측면 3간으로, 대궐에 있는 건물치고는 작다. 그런 방에는 국왕과 세 명의 대신이 앉아 있었다.

"어서 오십시오, 저하."

세 명의 대신이 각자 인사를 했다.

그들과 간단히 인사를 마친 세자가 국왕의 앞에서 무릎을 꿇었다.

"아바마마, 찾아계시옵니까?"

"그래. 편하게 앉도록 해라."

"감읍하옵니다."

국왕이 대신 한 사람을 가리켰다.

"인사드려라. 이번에 좌상이 된 이시수 대감이다."

역모는 여러 변화를 가져왔다.

가장 큰 변화는 벽파의 몰락이었다.

벽파 수장인 심환지가 사태에 책임을 지고 전격 은퇴했다. 본래는 청탁을 들어준 사실이 탄로 나면서 격렬한 탄핵을 받았었다. 그러나 국왕의 배려로 은퇴로 마무리했다.

이번 역모로 강성 벽파 대부분이 사사되거나 유배되었다. 이미 많은 벽파가 시파로 돌아선 상황이었기에 벽파는 거의 자리를 감추게 되었다.

심환지가 물러난 자리에 이시수가 발탁되었다. 그는 우의정에 재임하다 잠시 물러나 있었다.

"오랜만에 뵙습니다, 좌상 대감."

"허허! 그간 강녕하셨사옵니까?"

"저야 늘 여전하옵니다."

"이번에 저하께서 큰 역할을 하셨다 들었사옵니다. 참으로 대단하시옵니다."

"나보다 아랫사람들이 고생을 많이 했어요."

"사람을 잘 다스리는 것은 통치자의 가장 큰 덕목이옵니다. 하오니 자부심을 가지셔도 됩니다."

영의정 이병모도 동조했다.

"그러하옵니다. 저하께서 지금처럼 사람을 잘 다스리신다면 나라의 앞날은 조금도 걱정할 필요가 없을 것입니다."

세자가 고개를 숙였다.

"두 분 대감께서 좋게 봐주셔서 고맙습니다."

국왕이 흐뭇하게 바라보다 정리했다.

"자! 덕담은 그만하면 되었소이다. 과인이 세자를 부른 건 이유가 있어서다."

"하문하시옵소서."

"이번 역모에 연루된 아전들이 상당했다. 그들을 강력하게 처리함으로써 지방 분위기가 크게 바뀌었다는 보고를 받았다. 이런 사정을 너도 알고 있겠지?"

"예. 소자도 보고를 받았사옵니다."

역모 이후 아전들도 달라졌다.

수십 명의 아전이 역모에 연루되었다. 이들은 예외 없이 가산이 적몰되고 유배형에 처해졌다.

이런 조치가 아전들에게는 큰 충격으로 받아들여졌다. 그러면서 거의 모든 아전이 바짝 꼬리를 내리고 있었다.

국왕이 질문했다.

"앞으로 어떻게 하면 좋겠느냐?"

세자가 잠시 생각하다 대답했다.

"우리나라는 사람의 이동이 거의 없는 정주 사회입니다. 일부러 도로 사정을 열악하게 만들고 백성들의 이주를 제한한 때문이지요."

"그렇다. 백성 대부분은 고향에서 나고 자라고 죽는다."

"그러하옵니다. 그래서 본토로 돌아오지 못하는 유배형은 중형이옵니다. 더구나 한 고장에서 나름의 권력을 누려 온 아전들에게 유배형은 특히나 두려운 형벌일 것이옵니다."

"그렇겠지."

"이번 유배형이 최초의 적용 사례이옵니다. 그런데 아바마마께서 앞으로 유배형을 적극 도입하겠다고 천명하셨사옵니다. 그런 아바마마의 결단으로 인해 아전들은 크게 당황해하고 있을 것이옵니다."

좌상인 이시수가 거들었다.

"정확한 지적이옵니다. 아전들에게는 고향을 떠난다는 자체가 형벌이나 마찬가지이옵니다."

세자가 말을 이었다.

"아전들은 앞으로 지방행정 개혁에 적극적으로 협조할 거로 예상되옵니다. 그래야 자신들이 살아남는다는 사실을 알게 되었으니까요. 그리고 그렇게 달라진 태도는 쉽게 바뀌지 않을 것이옵니다."

이 분석에 모두가 크게 고개를 끄덕였다.

우의정 서용보가 적극 동조하고 나섰다.

"대단하시옵니다. 지금의 나라 상황을 저하께서 간략하고 명확하게 분석하셨사옵니다. 신도 저하의 분석에 적극 동조하옵니다."

국왕이 흐뭇해했다.

"허허! 보기가 좋구나. 세자야."

"예, 아바마마."

"여기 세 정승을 잘 모시도록 해라. 이 상신들은 당면 과제인 지방행정 개편은 물론, 노비 해방과 군역 제도 개선을 선두에서 이끌어 갈 사람들이다. 그리고 과인에 이어 너의 세대에도 큰 역할을 맡을 사람임을 믿어 의심치 않는다."

국왕이 정승들을 신임했다. 그것도 대를 이어 신임하겠다는 말에 세 사람은 동시에 머리를 숙였다.

"성심을 다해 받들겠사옵니다."

"잘 부탁하오. 앞으로도 과인은 내각에 더 많은 권한을 이양할 생각이오. 그러니 세 분이 지금처럼 내각을 잘 이끌어 주시오."

이병모의 몸이 다시 숙여졌다.

"황공하옵니다. 저희 내각은 앞으로 더 자중해서 공평하게 공무를 처리해 나가겠사옵니다. 더하여 세자 저하도 더 정성껏 모시겠사옵니다."

"허허허! 고맙소이다."

국왕은 그동안 많은 권력을 내려놓았다.

덕분에 내각은 이전보다 월등한 권한을 행사하게 되었다. 그런 시간이 몇 년 지나면서 관리들이 잠시 오만방자해진 경향이 없지 않았다.

그러다 역모가 터지며 달라졌다.

국왕은 무소불위의 철권을 휘둘렀다.

사형은 몇 명에 불과했으나, 관련자들을 예외 없이 유배형에 처했다. 그것도 본토로 돌아오지 못하는 사상 초유의 강력한 형벌에 온 나라가 놀랐다.

이뿐이 아니었다.

공노비가 해방되었을 때 신원되지 않은 부류가 있었다. 국왕 즉위 후 발생했던 역모 관련자들로, 이들도 모조리 유배형에 처해졌다.

의리탕평을 주창해 왔던 국왕이었다. 덜어 내기보다는 채워서 함께 가려 했던 국왕이었다.

그런 국왕이 세자라는 역린(逆鱗)을 건드리는 순간 사방을 초토화해 버린 것이다.

관리들은 전율했다.

국왕이 세자를 아낀다는 사실을 모르는 사람은 없었다. 그러나 이 정도인 줄은 생각하지 못했다.

이병모가 그래서 일부러 세자를 거론했다. 그런 이병모의 심중을 다른 두 상신도 알고 있었다.

이시수가 거들었다.

"저하께서는 상무사를 창립하실 때부터 보통 사람과는 다르셨습니다. 지금의 우리가 이만큼 개혁을 추진할 수 있었던 근간에는 세자 저하의 미래를 보는 혜안이 있었기 때문입니다."

이어서 다른 상신들도 적극 동조했다.

세자는 얼굴이 붉어졌다. 분명 틀린 말은 아닌데, 왠지 귀가 간지럽다는 느낌이 들었다.

"너무 저를 좋게 봐주시는 거 같사옵니다. 저는 아직도 더 많이 배워야 하고, 알아야 할 세사가 한두 가지가 아닙니다."

이번에는 서용보가 나섰다.

"저희도 그 점을 모르지 않사옵니다. 그럼에도 저하께서 지금까지 일궈 놓은 업적은 놀라지 않을 수 없사옵니다. 그러면서도 지금보다 미래가 더 기대되옵니다."

국왕이 웃으며 나섰다.

"허허허! 우상, 그만하시게. 세자가 잘하고 있는 건 맞지만, 아직은 많은 손길이 필요한 나이야."

서용보가 펄쩍 뛰었다.

"천부당만부당이옵니다. 지난 몇 개월간 저하와 국정에 관한 대화를 나누면서 놀란 적이 한두 번이 아니옵니다. 그때마다 도움을 받는 건 오히려 저희였사옵니다. 그 점은 전하께서도 함께 보셔 왔지 않사옵니까?"

국왕도 인정했다.

개혁군주

"그 말은 맞다. 솔직히 과인도 세자의 혜안에 여러 번 놀랐었다. 허나 세상일이 어디 국정만 있겠는가. 중요한 건 사람이 사람의 도리를 알고 그걸 잘 행해야 하는 것이다. 그러기 위해서 세자는 지금보다 더 많은 경전을 읽고 배우면서 의식을 성숙시켜야 한다."

세자가 고개를 숙였다.

"아바마마의 말씀대로 선현의 말씀을 배우고 익히면서 저 자신을 늘 갈고닦겠사옵니다."

"허허허! 암 그래야지."

이날 국왕은 여느 때보다 훨씬 많이 웃었다. 그 웃음이 세 명의 상신에게도 옮겨져 대화하는 내내 분위기가 화기애애했다.

❀

새해가 되었다.

조선은 농업이 국가의 근간이다.

더욱이 성리학의 나라여서 농업을 최고의 덕목으로 신봉해 왔다. 그래서 군주는 새해 첫날 권농(勸農)에 대해 하유하거나 윤음을 반포해 왔다.

그런데 이번의 윤음이 달라졌다.

새해 첫날.

국왕은 지방행정 개편에 대한 윤음을 반포했다. 경제 발전에 관해서도 거론했다.

물론 권농에 대한 내용도 포함되기는 했다. 그러나 기본이 바뀐 것이다.

유교 국가인 조선에서 명분과 절차는 무엇보다 중요하다. 그래서 윤음을 반포할 때도 순서를 반드시 짚고 넘어가게 되어 있었다.

그런데 달라졌다.

누구도 윤음에 대해 이의를 제기하지 않았다.

아니, 중신 대부분, 특히 젊은 관리들은 이를 자연스럽게 받아들였다.

아주 중요한 변화였다.

어느 사회든 관리 조직은 외부 변화에 가장 늦고 둔감하게 반응한다. 더구나 조선과 같이 폐쇄되고 경직된 사회일수록 더 그러하다.

그런 조선의 관리들이 변한 것이다.

지금까지 추진해 온 개혁이 관리들의 의식을 변하게 했다. 그리고 지난 연말 있었던 역모 사건이 결정적 변화를 불러일으켰다.

역모 사건은 개혁이 대세임을 거꾸로 증명한 셈이 되었다. 그리고 그 결과가 새해 윤음에 고스란히 녹아들었다.

이른 새벽.

국왕과 세자가 종묘에서 제례를 올렸다. 본래는 국왕만 참석했으나 금년부터 세자를 참석시켰다.

종묘제례는 국왕이 온 나라를 대표해 지내는 제사다. 그래서 민간에서는 여기에 보조를 맞춰 종묘제례가 끝날 즈음 집안 사당에서 차례를 올린다.

종묘제례를 마친 부자는 사도세자의 사당인 경모궁(景慕宮)에도 제례했다. 그리고는 대궐로 돌아와 웃전에 차례로 세배를 올렸다.

왕실의 설날도 민간과 다르지 않다. 세배를 하면 덕담과 함께 형식적이지만 세뱃돈도 받는다.

세자가 왕대비를 찾아 세배했다.

"왕대비 마마, 올해도 무탈하시고 만수무강하시옵소서."

왕대비는 역모가 있기 전부터 국왕의 개혁 정책을 은근히 지지해 왔다. 그런 그녀는 역모 사건을 겪으면서 10년은 훌쩍 늙은 모습이었다.

역모에 연루되어 자신의 집안 형제 대부분이 도륙 났다. 특히 최측근 상궁까지 사사된 것이 그녀에게는 큰 충격이었다.

그 바람에 한동안 병석에 누워 있어야 했다. 그 여파가 이어져 병증을 온전히 털어 내지 못한 왕대비가 힘없이 웃었다.

"고맙소, 세자. 세자도 올해 건강하게 지내시구려."

"황감하옵니다."

몇 마디 덕담을 주고받은 세자가 왕대비전을 나왔다. 그러고는 친할머니인 혜경궁 홍씨가 머무는 전각으로 올라갔다.

국왕이 창덕궁에 머물면 창경궁은 여인 전용 궁궐로 바뀐다. 왕대비와 혜경궁 홍씨, 그리고 생모인 수빈 박씨와 화빈 윤씨가 머무르기 때문이다.

"어서 오세요, 세자."

"할마마마. 소손, 세배 올리겠사옵니다."

세자가 넙죽 절을 하자 혜경궁 홍씨는 흐뭇한 미소로 절을 받는다. 이어서 몇 마디 덕담을 주고받은 혜경궁 홍씨의 목소리가 은근해졌다.

"금년에 열셋이지요?"

"그러하옵니다."

"허면 이제 혼사를 올릴 때도 되었네요."

세자의 가슴이 철렁 내려앉았다.

"혼사라니요? 소손, 아직 나이가 어리옵니다."

혜경궁이 고개를 저었다.

"아니에요. 주상도 열한 살에 성혼했으니 오히려 늦었지요."

세자는 난감했다.

이런 세자를 보며 혜경궁 홍씨가 은근히 다그쳤다.

"세자를 왜 국본(國本)이라고 하는지 아세요? 말 그대로 나

개혁군주

라의 근본이기 때문이지요. 나라의 근본이 되기 위해서는 후사를 이어야 합니다. 그러기 위해서 선조들도 다 일찍 성혼했어요."

"……."

"우리 왕실은 아쉽게도 손이 아주 귀해요. 왕실이 번창해야 나라도 안정되는 겁니다. 그리고 세자가 추진하고 있는 개혁도 한층 더 탄력을 받게 될 것이고요."

구구절절 옳은 말이다.

나라를 위해서도, 왕실의 안정을 위해서도 성혼을 하는 게 맞다. 그러나 전생을 살아온 세자로서는 열세 살의 결혼은 감당이 쉽지 않았다.

'하! 이거 진퇴양난이네. 어찌한다…….'

"왜 아무 말을 못 하세요? 할미 말이 거슬립니까?"

세자가 급히 몸을 숙였다.

"아니옵니다."

"허면 왜 아무 말씀이 없지요?"

"소손, 너무 갑작스럽게 들은 말이어서 당황했사옵니다."

"그러시겠지요. 허면 혼사 추진에 대해서는 이의가 없는 게지요?"

세자가 급히 몸을 숙였다.

"아바마마께 말씀을 올려보겠사옵니다."

"세자."

"예, 할마마마."

혜경궁 홍씨가 아예 마침표를 찍었다.

"주상과는 이미 논의를 마쳐 놓았습니다. 그러니 아무 말 마시고 할미의 뜻에 따르세요."

"아!"

"왜 대답이 없으신 겝니까?"

세자가 어쩔 수 없이 대답했다.

"예, 알겠사옵니다."

대답을 들은 혜경궁은 그제야 만족한 미소를 지었다. 세자는 그 미소를 보고 당한 느낌이 들었으나, 이미 대답한 후였다.

혜경궁 홍씨가 자애롭게 다독였다.

"할미가 너무 다그쳤다고 언짢아하지 마세요. 국혼은 왕실과 나라를 위해서라도 반드시 치러야 하는 국가 대사입니다. 그러니 이 할미의 말을 절대 잊지 마세요."

"……명심하겠사옵니다."

"그만 주상에게 건너가 보세요. 주상이 국혼에 대해 따로 말을 할 겁니다."

"알겠사옵니다."

혜경궁 홍씨의 처소는 자경전(慈慶殿)이다.

국왕이 모후를 위해 지은 자경전은 창경궁에서 가장 위치가 높다. 그래서 궁역 너머에 있는 사도세자의 사당인 경모궁이 바라다보인다.

전각을 나온 세자가 한숨을 내쉬었다.

다른 일이었다면 이런저런 논리로 혜경궁 홍씨를 설득할 자신이 있었다. 그러나 혼사 문제만큼은 어떤 말로도 납득을 시킬 수가 없었다.

본래라면 혼삿말이 나와도 벌써 나와야 했다. 그나마 지금까지는 국왕이 혼사를 미루고 있었기에 가능했었다.

이런저런 생각을 하며 걷다 보니 어느새 대조전에 도착했다.

기다리던 상선이 깊게 몸을 숙였다.

"어서 오십시오, 저하."

"새해 복 많이 받으세요. 상선."

"감사하옵니다. 저하께서도 금년에는 하시고자 하는 모든 일이 잘되시기를 기원드립니다."

세자가 한숨을 내쉬었다.

"후! 말씀은 고맙지만 금년은 일이 많겠네요."

상선의 눈이 커졌다.

"무슨 일이라도 생기신 것이옵니까?"

"할마마마께서 금년에 결혼을 하라고 하시네요."

상선이 반색을 했다.

"그건 문제가 아니라 경사가 아니옵니까? 허허허! 드디어 저하께서도 성혼을 하시게 되었군요. 축하드립니다, 저하."

"상선. 지금 나는 걱정이 태산인데 축하라니요."

상선이 정색을 했다.

"저하께서 혼사를 늦게 하고 싶어 하신다는 것을 모르는 사람이 없습니다. 그래서 전하께서도 지금까지 기다려 주셨고요. 허나 이제 더 이상 지체했다가는 조정에서 가만있지 않을 겁니다."

"그럴까요?"

"그뿐이 아닙니다. 아마도 전국에서 올라오는 상소가 어탁에 산더미같이 쌓이게 될 것이옵니다. 그리되면 전하께서 얼마나 곤란하시겠사옵니까? 효를 아시는 세자 저하께서 주상전하께 그런 곤란을 겪게 해 드려서는 아니 되옵니다."

구구절절 옳은 말이어서 변명도 못 했다.

"……."

상선의 말이 이어졌다.

"대업을 강력하게 추진하기 위해서라도 왕실이 안정되어야 하옵니다. 그렇게 모든 일을 위해서라도 저하의 혼사가 선행되어야 하는 것이옵니다."

"아!"

생각지도 않은 지적이었다.

세자의 머리가 절로 끄덕여졌다. 그걸 본 상선이 몸을 숙였다.

"들어가시옵소서. 주상 전하께서도 오늘 그 말씀을 하실 것이옵니다. 그리고 수빈 마마께서도 일부러 드셔계시옵니다."

"아! 그래요."

세자는 그제야 느낌이 왔다.

'어머니께서 새해 첫날 대조전에 오신 건 처음이다. 그렇다면 벌써 내 결혼에 대해 어른들끼리 말씀이 있었다는 말이구나.'

이런 생각이 드니 오히려 홀가분해졌다.

'그래. 이건 내가 안 된다고 해서 미뤄질 일이 아니다. 그나마 지금까지 온 것도 부왕께서 나를 생각하고 미뤄온 것일 뿐이야.'

생각을 달리하면 자세도 달라진다.

상선은 잠깐 사이 세자의 자세가 바뀌는 것을 보고는 흐뭇한 표정을 지으며 조언했다.

"잘 생각하셨습니다. 국혼은 피한다고 해서 해결될 사안이 아니옵니다."

"맞아요. 어차피 거쳐야 할 일이라면 당당히 대처하겠어요."

"역시 저하십니다. 전하께서도 이렇게 당당한 저하를 보시면 분명 기뻐하실 것이옵니다."

"고하여 주세요, 상선."

"알겠사옵니다."

상선이 정중히 인사를 하고는 몸을 돌렸다.

"전하! 세자 저하께서 당도하셨사옵니다."

"들라 하라."

"드십시오, 저하."

"고마워요, 상선."

세자는 이렇듯 상선을 늘 공대했다.

이러한 세자의 행동이 본래는 법도에는 맞지 않는다. 그러나 세자는 일부러 상선을 공대하였고, 조언에도 귀를 기울였다.

이러한 세자의 처신은 대궐의 여론을 오롯이 품으려는 심모원려가 들어 있었다. 그러나 어려서부터 진심을 담아 행동했기에 누구도 세자의 본심을 알지 못했다.

그리고 세자의 노력은 성공을 거둬, 이제는 대궐의 여론을 한 손에 움켜쥐게 되었다. 덕분에 지난 역모에서 왕대비전 상궁의 모사를 제보받는 결정적 역할을 하기도 했다.

대조전은 창덕궁 내전의 중심이다.

본전은 전면 9칸 측면 4칸이다. 본래는 이보다 넓은 측면 5칸의 45칸이었으나, 소실되어 중건되는 과정에 36칸으로 줄었다.

이런 본전의 좌우로 흥복헌(興福軒)과 융경헌(隆慶軒)이라는 익각(翼閣)이 붙어 있다. 그리고 주변을 청향각(淸香閣)과 행각이 연결되어 있다.

이뿐이 아니었다. 대조전 주변에 양심합(養心閣)과 경훈각(景薰閣)이란 별개의 전각도 있다.

이렇듯 대조전은 하나의 전각이 아닌 권역이다.

정면이 9칸이다 보니 대청도 3칸이었다. 세자가 그런 대청에 오르자 나인이 고개를 숙이고는 동쪽의 방문을 열었다.

개혁군주

대조전의 방은 이중으로 되어 있다. 그래서 안으로 들어가기 위해서는 2개의 방문을 넘어야 한다.

방의 중앙에 앉아 있던 국왕이 너털웃음을 지으며 반갑게 맞았다. 그런 국왕의 좌우에 왕비와 수빈 박씨가 환하게 웃고 있었다.

"허허허! 어서 오너라."

세자가 앞으로 다가서자 왕비와 수빈 박씨도 반갑게 맞았다.

"어서 오세요, 세자."

"어서 오세요, 세자."

"아바마마, 그리고 두 분 어마마마. 소자가 세배를 올리겠사옵니다."

세자가 세 사람에게 각각 세배했다. 세배를 받은 세 사람도 준비한 세뱃돈을 주며 덕담을 했다.

이어서 상의원에서 준비한 설빔을 가져왔다. 세자는 그 자리에서 새로운 곤룡포로 갈아입었다.

세자의 곤룡포는 검은색 비단인 흑단(黑緞)으로 만든다. 여기에 금사로 된 사조원룡보(四爪圓龍補)를 앞뒤와 양쪽 어깨에 붙인다.

왕비가 탄성을 터트렸다.

"오오! 설빔을 입으니 한층 의젓하군요."

수빈 박씨도 덩달아 동조했다.

"예, 신첩이 보기에도 헌헌장부이옵니다."

국왕이 호탕하게 웃었다.

"하하하! 맞소이다. 이제는 일가를 이뤄도 부끄럽지 않겠소이다."

세 사람이 하는 말의 행간을 세자는 모르지 않았다. 그래서 최대한 정중하게 인사를 했다.

"소자를 어여삐 봐주시어서 황감하옵니다. 앞으로도 몸가짐을 더욱 바르게 해 남의 입에 오르내리지 않도록 조심하겠사옵니다."

국왕도 세자의 말에 담긴 함의를 바로 알아들었다. 그래서 어느 때보다 밝은 목소리로 질문했다.

"오! 드디어 결심을 굳힌 것이냐?"

세자가 공손히 대답했다.

"소자는 그저 어른들의 뜻을 따르고자 하옵니다. 단지 아바마마께서는 소자의 생각을 해량하여 주실 것을 믿어 의심치 않사옵니다."

안동 김씨와 인연을 맺고 싶지 않다는 말을 돌려 말했다.

국왕이 크게 고개를 끄덕였다.

"오냐. 당연히 그렇게 해 주고말고. 걱정하지 마라. 지금의 세자는 과인이 걱정하던 그때의 원자가 아니다. 그리고 우리 조선도 그때의 조선이 아니니만큼 과인이 심사숙고하겠노라."

개혁군주

"황감하옵니다."

결혼에 대해서는 한 마디도 나오지 않은 선문답 대화였다. 그럼에도 왕비와 수빈 박씨는 혼사에 관한 내용이란 걸 어렵지 않게 짐작할 수 있었다.

왕비가 기뻐했다.

"호호호! 전하, 하례드리옵니다. 드디어 왕실이 풍성해지겠사옵니다."

국왕이 화답했다.

"그렇소이다. 과인이 혹시 하는 노파심에 수빈을 오게 했는데 공연한 발걸음을 하셨소."

수빈이 몸을 숙였다.

"아니옵니다. 전하와 곤전께서 계신 자리에서 좋은 소식을 듣게 되어 기쁘기 한량없사옵니다. 이 모두가 두 분 마마의 보살핌 덕분이옵니다."

왕비가 겸양했다.

"그렇지 않아요. 세자는 일찍이 혼자 서는 법을 스스로 터득했어요. 그래서 내가 가르칠 게 별로 없답니다."

국왕이 웃으며 동조했다.

"허허허! 왕비의 말씀대로요. 세자는 과인이 가르쳐 주지 않은 부분도 스스로 제 길을 잘 가고 있어요. 그래서 과인도 자주 도움을 받고 있지요."

최고의 칭찬이었다.

신년 덕담이라고 해도 놀라운 일이었다. 국왕이 도움을 받는다고 자인하기까지 했다.

그러나 세자는 이런 칭찬에도 절대 자만하지 않았다.

세자가 급히 몸을 숙였다.

"받잡기 민망하옵니다. 소자가 어찌 감히 그리할 수 있겠사옵니까. 그저 아바마마께서 좋게 봐주신 덕분이옵니다."

국왕이 다시 호탕하게 웃었다.

"하하하! 오냐, 우리 모두가 잘해서 지금 같은 개혁을 추진할 수 있게 되었구나."

국왕이 몇 번이나 대소를 터트렸다.

설날은 의례 덕담을 주고받지만, 오늘같이 좋은 분위기는 처음이었다. 그만큼 나라가 안정되었으며 세자의 혼사 결정이 모두를 기쁘게 했다.

국왕이 확인했다.

"금년도 대외 교역은 잘 진행되겠지?"

"그렇사옵니다. 대청 교역은 광주에서의 교역도 늘어났지만, 북경의 공무역이 폭발적으로 증대되고 있사옵니다. 그래서 전체적으로 2할 이상은 늘어날 것이옵니다."

"그렇게나 증대되다니 상당하구나."

"그래서 북경과의 공무역도 상대가 원할 경우 거래대금을 금으로 대체하기로 했사옵니다."

국왕이 긍정적으로 대답했다.

"잘했다. 지정은제인 청국에서 은이 대량으로 유출된다면 상당한 문제가 될 거다. 연경을 다녀온 사신들의 보고에 따르면, 내전이 격화되면서 전비가 폭증하고 있어서 청국의 조정도 골머리를 앓는다고 하더구나."

"그럴 것이옵니다. 광주에 있는 이화행의 전언에 따르면, 행상을 관리하는 청국 내무부가 관세징수에 혈안이 되어 있다고 하옵니다."

"앞으로도 광주 교역을 제재하지는 않겠구나."

"대금 지급이 금으로 바뀌었으니 세수 확보를 위해서라도 더 권장할 듯하옵니다."

왕비가 궁금해했다.

"세자! 은보다 금이 좋은 이유가 따로 있나요? 그리고 금이 좋다면 연경도 저들의 편의를 봐주는 의미에서 먼저 대금 지급조건을 금으로 제시하지 않고요?"

국왕이 놀라워했다.

"오오! 우리 중전께서 아주 중요한 핵심을 짚으셨소이다. 모두들 궁금한 거 같으니 세자가 궁금증을 풀어 주도록 해라."

"예, 아바마마."

세자가 잠깐 생각을 정리했다.

"지금의 세상은 은이 화폐의 기준인 은본위제를 대부분 시행합니다. 가깝게는 청국이 명나라 때부터 은본위제를 채택하고 있고요. 이웃 일본도 금화를 발행하지만 기준은 은입니다. 그리고 서양 국가도 마찬가지로 금화를 발행하지만 기준은 은화이고요."

왕비가 질문했다.

"남방국가와 인도도 엄청나게 큰 시장이라고 하던데, 거기도 은이 기준인가요?"

"그렇사옵니다. 일부 금화를 발행하는 나라도 있지만, 그래도 기준은 은이옵니다."

"그렇군요. 그렇게 은이 세상에 통용되는 화폐인데 세자께서는 왜 금을 매집하려는 건가요?"

"앞으로는 금의 가치가 은보다 월등히 높아지기 때문입니다."

왕비가 고개를 갸웃했다.

"그렇게 되는 이유가 있는 건가요?"

"어마마마. 소자가 일전에 드린, 서양이 전쟁 중이라는 말을 기억하시옵니까?"

"물론이지요. 세자께서 이야기처럼 잘 풀어 주셔서 재미있게 들었답니다. 그때 서양 대륙 전체가 전쟁의 소용돌이에 휘말려 있다고 한 기억이 나네요."

"그렇사옵니다. 서양은 크고 작은 이십여 개의 나라가 이전투구를 벌이고 있다고 보시면 됩니다. 그런 서양에서 진행되는 전쟁은 적어도 10년 이상 지속될 것이고요."

"전쟁이 그렇게 오래 지속되면 경제가 피폐해질 수밖에 없겠네요."

"그렇사옵니다. 그러다 보면 화폐가치도 크게 떨어질 것이고요. 화폐가치가 떨어지면 당연히 물가는 오르게 되어 있습니다. 이런 상황을 안정시키기 위해서는 화폐개혁이 가장 좋습니다."

국왕이 대번에 알아들었다.

"물가를 안정시키기 위해 금을 화폐의 기본으로 채택한다는 말이구나."

"그렇사옵니다. 본래 화폐개혁은 인위적으로 화폐의 가치를 조절해야 합니다. 그런데 떨어진 은의 가치를 무작정 올린다고 해서 그 가치가 올라가지는 않을 거 아니겠습니까?"

"무슨 말인지 알겠다. 은화는 실물 가치와 같아서 인위적으로 가치를 올리기가 쉽지 않다."

"그렇습니다. 예를 들어 말씀드리겠습니다. 쌀 한 가마에 천은 한 냥입니다. 그러다 은의 가치가 폭락해 세 냥이 되었습니다. 그런데 그걸 나라에서 무조건 한 냥에 거래하라고 한다고 해서 바로 조절이 되지는 않는다는 말씀입니다."

왕비와 수빈이 크게 고개를 끄덕였다.

왕비가 거들었다.

"맞는 말씀이에요. 아무리 나라에서 하란다고 해서 그렇게 될 수는 없지요."

"그렇사옵니다. 그래서 가치가 고정되어 있는 금을 새로운 기준 화폐로 삼는다는 겁니다. 그러면서 은화의 가치는 손을 대지 않고요."

"그러면 은화의 가치가 점점 떨어지게 되겠군요."

"그렇습니다. 그리고 그렇게 하는 데에는 또 다른 문제가
있사옵니다."

"무슨 문제이지요?"

"청국입니다. 서양은 명나라 때부터 교역을 해 왔습니다.
초기에는 스페인이 신대륙에서 채굴한 은화로 교역을 시작
했지요. 그렇게 유입된 은화가 명나라 은본위제의 근간이 되
었고요. 그런 명나라를 이은 청나라는 영국으로 대표되는 서
양과 교역하면서 막대한 은화를 벌어들이고 있는 중입니다."

"명나라와 청나라가 천하의 은을 끌어모으고 있다는 말이
군요."

"그렇사옵니다. 그만큼 명과 청의 문물과 특산품이 서양
을 압도했었습니다. 그렇게 계속 무역역조가 발생하면서 서
양 국가들의 경제도 크게 압박을 받고 있는 형국입니다. 그
런 문제를 타파하기 위해서라도 금본위제를 채택할 수밖에
없습니다."

"그렇군요."

세자가 정리했다.

"더 이상의 세세한 내용을 말씀드리기에는 너무도 복잡합
니다. 그러니 이 정도에서 마무리하는 게 좋겠사옵니다."

왕비도 정리했다.

"음! 결국 시대의 변화와 청나라를 견제하기 위해 서양이 금본위제를 채택한다는 말이군요."

"바로 보셨습니다. 서양은 지금 당장 청국을 상대하지 못합니다. 그래서 금본위제를 채택해 은의 가치를 떨어트려서, 자신들의 손해를 상대적으로 줄이는 전략을 사용하게 될 것입니다."

왕비가 고개를 저었다.

"놀랍네요. 나는 외국과의 교역이 그저 물건을 사고파는 것인 줄로만 알고 있었어요. 그런데 실상은 고도의 전략 전술이 필요한 일이로군요."

세자가 탄성을 터트렸다.

"아! 대단하시옵니다. 어마마마처럼 무역 거래를 제대로 파악하는 분은 별로 보지 못했사옵니다."

왕비가 웃었다.

"호호호! 모두가 세자가 이해하기 좋게 설명해 준 덕분이지요. 나 같은 아녀자가 알면 얼마나 알겠어요."

국왕이 흐뭇하게 바라보다 끼어들었다.

"그러한 서양의 사정을 상무사 직원들은 잘 알고 있겠지?"

"그렇사옵니다. 상무사는 수시로 다양한 교육을 실시하고 있사옵니다. 그런 교육에는 방금 말씀드린 미래 상황에 대한 준비도 들어 있사옵니다. 그리고 예조와 호조의 해당 부서 관원들도 대외 교역에 대한 교육을 상무사에서 정기적으로 실시해 주고 있사옵니다."

"잘하고 있구나."

"서양에서의 전쟁이 끝나면, 그때부터는 서구 열강의 무한 팽창 시대가 도래합니다. 우리 조선은 그 전에 반드시 부국강병을 마쳐야 합니다. 그리고 그 전에 대업까지 완수해야 하고요."

국왕의 표정이 심각해졌다.

"으음!"

세자의 경고가 이어졌다.

"그러지 않고 현실에 안주한다면 그걸로 끝입니다. 우리 조선은 서구 열강의 파도에 휩쓸려 나라의 존립 자체도 위태롭게 됩니다."

국왕은 이전에 세자에게 들었던 말이 떠올라 순간 소름이 돋았다. 국왕의 결의를 다졌다.

"네 말이 맞다. 우리는 온 국력을 하나로 모아 반드시 위대한 나라를 만들어야 한다."

국왕이 처음으로 위대한 나라라는 표현을 했다.

세자는 그 표현에 가슴이 울컥했다.

"지금대로 개혁이 진행된다면 반드시 그렇게 될 것입니다."

"그래. 과인도 노력하겠지만 세자도 힘을 보태 주도록 해라."

"성심을 다해 받들겠사옵니다."

수빈 박씨가 모처럼 나섰다.

"두 분의 모습을 보니 나라의 장래가 조금도 걱정이 되지 않사옵니다."

국왕과 세자가 서로를 바라봤다.

두 사람은 거의 동시에 환하게 미소를 지었다. 그런 두 사람의 모습을 본 주변 사람들의 얼굴에도 하나 가득 미소가 담겼다.

그렇게 새해 첫날이 지났다.

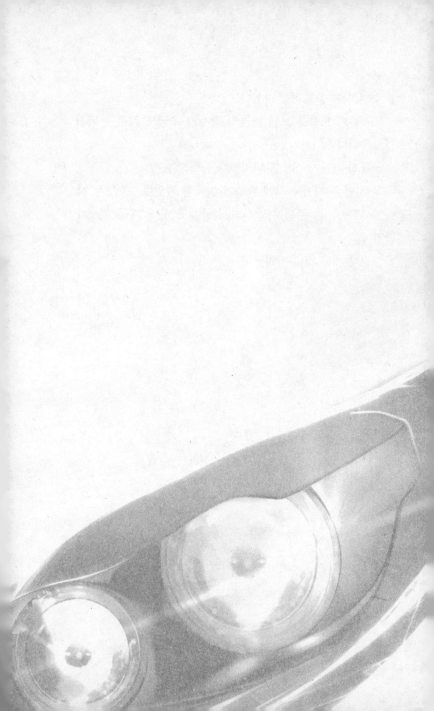

거침이 없어졌다

정초에 대궐에서 들려온 소식에 온 나라가 들썩였다. 기대하고 바라던 세자의 국혼 소문에 백성들은 열렬히 환호했다.

국혼이 진행되려면 가장 먼저 금혼령이 전국에 내려진다. 그러나 놀랍게도 국왕은 바로 어령을 내리지 않았다.

그 대신 행정 개편에 박차를 가하라는 어명이 반포되었다.

조정이 긴장했다. 개혁을 추진하는 국왕의 의지가 얼마나 강력한지 절감했기 때문이다.

온 나라의 관리들이 긴장했다. 덕분에 정국은 긴장감이 흐트러지지 않고 계획된 과업들을 차질 없이 추진할 수 있었다.

군은 보안부대를 운영하고 있었다.

보안부대는 군 병력과 함께 전국 곳곳에 배치되었다. 이렇게 배치된 보안부대는 전국 각 고을의 동향을 빠짐없이 보고해 왔다.

국왕과 조정은 지방의 움직임을 정확하게 보고받을 수 있었다. 그 덕분에 지방에서 발생하는 사건 사고를 신속하게 대응해 나가고 있었다.

세자의 정보력은 더 세밀했다.

보부상과 비원이 수집한 정보가 추가로 보고되고 있었기 때문이다. 그래서 밑바닥 민심을 누구보다 정확히 확인하고 있었다.

※

2월 하순.

동장군이 움츠러들면서 이제는 제법 날씨가 따듯해지고 있었다. 세자가 심각한 표정으로 비원의 보고서를 살펴보고 있었다.

"사건 사고가 의외로 많이 발생하네요. 개혁법령이 시행되었으니 이즈음이면 안정될 시기인데도요."

이원수가 의외의 상황분석을 했다.

"주상 전하의 의지가 잘 반영된 때문에 일어난 현상이옵니다."

세자가 고개를 갸웃했다.

"그게 무슨 말씀이에요? 아바마마의 의지가 잘 반영되면 문제가 없어져야지요."

"연초에 반포된 전하의 행정 개편 강화 유지가 관가를 크게 긴장시키지 않았습니까?"

옆에 있던 박종보가 적극 동조했다.

"맞습니다. 신도 그 유지를 듣고 깜짝 놀랐습니다. 전하께서 국혼의 추진보다 지방행정 개편을 더 바라시다니요. 생각지도 않은 유지였습니다."

"맞습니다. 그래서 기존에 수립된 지방행정 개편 계획이 더 철저하게 추진되고 있습니다. 그 바람에 보통은 가려질 문제들까지 속속 드러나면서 크고 작은 사건 사고가 끊이지 않는 겁니다."

"그렇다면 오히려 다행입니다. 문제가 내재되어 있으면 언젠가는 곪아 터지게 됩니다. 저는 지금 정리되는 게 좋다고 생각합니다."

이원수도 동조했다.

"맞습니다. 저도 지금 같은 상황이 훨씬 더 좋다고 생각하고 있습니다."

세자가 문제를 지적했다.

"안정이 되지 않고 있는 데도요?"

"시행 초기입니다. 지금 시점에서 문제를 싹 정리하는 게 좋습니다. 비원의 첩보에 따르면, 지방에 배치된 군 병력이 은근히 아전들의 불만 표출을 부추기는 경우도 있다고 합니다."

세자의 눈이 커졌다.

"그게 무슨 말씀입니까? 군이 아전들에게 사고가 일어나도록 부추긴다고요?"

이원수가 상황을 보고했다.

"아무나 그런 건 아니고요. 문제가 많은 아전들만 골라서 그런다고 합니다. 보고를 받으셨겠지만, 문제 아전 상당수가 이번 개편에 바짝 꼬리를 내렸다고 합니다. 그리고 죽은 듯 협조하는 경우가 많다고 하고요."

"그렇다는 말은 들었어요. 그래서 행정안정에 도움이 된다고 하지 않았던가요?"

"큰 도움이 되는 것도 사실입니다. 허나 그런 아전들 중에서 악질이 상당하다고 합니다. 그런 사정을 파악해 둔 군에서 질이 좋지 않은 자들을 골라 작업을 벌인다고 합니다."

박종보가 거들었다.

"나중에 문제가 될 자들을 골라 미리 제거하겠다는 의도로군요."

"그렇습니다."

세자가 의문을 가졌다.

"시간이 지나면 비리 아전들은 절로 도태가 될 터인데, 무리하는 건 아닌지 모르겠네요. 그런 아전들이 많은가요?"

"의외로 많다고 합니다."

"아! 그래요."

이원수가 설명했다.

"아전들은 자신들만의 연락망을 갖고 있어서 정보 입수가 빠르다고 합니다. 그 연락망을 통해 시범 사업과 역모 상황을 잘 알고 있어서 미리 대처한 자들이 많다고 하옵니다."

세자가 이해했다.

"그랬군요. 그래서 초기에 잡아들인 아전의 숫자가 예상보다 적었던 것이로군요."

"그렇사옵니다. 솔직히 아전들 중 비리를 저지르지 않은 자들은 없습니다. 그렇다고 그들을 모조리 찍어 내면 행정이 마비될 것이고요. 그리고 지방 수령 중 탐학한 자들이 많은 것도 문제입니다. 이런 자들이 아전들과 합심해 행정개혁에 저항하는 경우도 있고요."

세자도 이미 알고 있는 사실이었다.

"그래서 비리가 심한 자들은 미리 색출해 처벌했잖아요."

"그 조치가 부실했습니다. 지난해 정리를 했다고는 하지만, 실상은 대부분 색출하지 못한 것으로 보입니다. 그리고 비리를 저지르지 않은 아전들이 없다시피 해서 선별하는 방법도 문제였고요."

세자가 인상을 썼다.

"후! 문제로군요. 어디까지 도려내야 할지 계산이 서지가 않아요."

박종보가 권했다.

"저하! 차라리 모든 아전을 이번에 싹 정리하는 건 어떻습니까?"

세자가 고개를 저었다.

"그럴 수 없어요. 지난해 경기도에 시범적으로 실시해 보니 아전이 없으면 행정 업무가 완전히 마비돼요. 그래서 회복 불능의 죄를 지은 아전이 아니면 개과천선하겠다는 자필 확인서를 받고 재임용했던 거예요. 시간을 두고 정리를 하려고요."

"가리와 서원을 이용하면 되지 않사옵니까?"

세자가 고개를 저었다.

"쉽지 않아요. 고을 수령이 재임한 지 오래되었다면 어찌어찌 이끌어 가겠지요. 그리고 고을 수령들도 아전과 크게 다를 바가 없어서 문제예요."

"탐학한 수령에게 맡길 바에야 아전이 낫다는 말씀이군요."

"그렇지요. 군에서 아전들을 마구 잡아들이면 문제가 되는데……. 걱정이네요. 그렇다고 그만두게 할 수도 없고요."

이원수가 한숨을 내쉬었다.

"행정개혁이 이렇게 어려울 줄 몰랐습니다. 몇 년간 준비해 왔음에도 계속해서 불협화음이 나오고 있어요. 그 바람에 비원 요원들이 정신을 못 차릴 정도입니다."

"어쩔 수 없지요. 수백 년을 이어 온 문제를 단칼에 정리할 수 없어요. 그리고 이어질 노비 해방과 군역 개혁을 위해서라도 최대한 수습을 잘해야 해요."

두 사람이 고개를 끄덕였다.

세자가 서류를 덮었다.

"나는 이 정도면 예상보다는 훨씬 잘 정리가 되고 있다고
봐요. 사건 사고는 많지만, 지난해 역모 사건을 처리하면서
악성 인자들을 솎아 낸 게 도움이 되고 있어요."

이원수도 동조했다.

"저도 그렇게 생각합니다. 지난해 정리되지 않았다면 어
디에선가 큰 사달이 일어났을 겁니다."

세자가 주제를 바꿨다.

"자! 그건 그렇고, 화란양행의 상관은 어디로 결정이 되었
지요?"

화란양행은 동인도회사 시절부터 상무사 물건을 독점해서
유럽에 공급해 왔다. 그러면서 조선이 요구하는 수많은 물건
을 구입해 제공해 왔다.

각자 필요해 의해 진행된 거래는 양측 모두에게 막대한 도
움을 주고 있었다. 특히 화란양행은 사활을 걸고 상무사와
거래하고 있었다.

이런 화란양행은 몇 년 전부터 자신들의 상관을 설립해 줄
것을 요청했다. 그래야 상무사와의 거래를 보다 원활히 추진
할 수 있기 때문이다.

그러나 세자는 이런 화란양행의 요청을 계속 거절해 왔다.

아직 나라도 안정되지 않았고 군권도 확고히 장악하지 못해서였다.

그러던 지난해.

세자는 중앙군이 확실히 구축된 것을 기점으로 화란양행 상관 설립을 결정했다. 그래서 국왕께 윤허를 받아 상관 자리를 물색해 왔다.

박종보가 보고했다.

"가장 좋은 자리는 강화도의 강화나루입니다."

세자가 바로 거부했다.

"이전에도 말씀드렸지만 거기는 곤란해요. 조선에서 가장 중요한 세 강이 합치는 군사적 요충지를 내줄 수는 없어요."

"저하의 결심이 그러해서 강화 일대를 화란양행과 샅샅이 검토했사옵니다. 그래서 얻은 결론이……."

박종보가 지도를 펼쳤다.

"이 섬입니다."

"서검도요?"

"그러하옵니다. 이 섬은 위로는 교동도가, 아래로는 석모도가 있습니다. 고래로 이 물길로 들어오는 외국 선박을 검문하던 섬이었습니다. 그러다 대외 교역이 금지되면서 거의 비워져 있었습니다."

세자가 기억을 더듬었다.

"그 주변에 요즘 염전을 조성하지 않나요?"

"맞습니다. 저하의 지시에 따라 지난해부터 경기도와 황해도에 대규모 염전이 조성되고 있사옵니다. 그 주요 지역이 제물포 일대와 강화, 그리고 황해도 연백 지역이고요. 그런 염전이 서검도와 주변 섬에도 대규모로 조성되고 있사옵니다."

"그렇다면 거기도 사람이 많이 들어가 있겠네요."

"예. 그래서 인부 수급이 편할 거 같다고 화란양행이 이 섬을 선정했사옵니다."

"염전이 조성될 정도면 썰물에 배를 대기 어렵지 않나요?"

박종보가 지도를 보며 설명했다.

"여기 보시는 서검도와 위쪽의 솔책도, 그리고 아래 지역 일원은 개펄이 넓습니다. 염전이 조성된 지역이지요. 하지만 이쪽 물길은 썰물에도 배의 교통이 가능합니다. 그래서 기다렸다 밀물 때 배를 선착장에 대면 됩니다."

세자가 다른 섬을 지목했다.

"그 섬보다는 이 섬이 좋겠네요."

"아! 미법도요?"

"예. 섬도 작아서 관리하기도 편하잖아요."

"그렇지 않아도 신이 그 섬을 권유했지만, 화란양행에서 너무 적다고 했습니다. 더구나 섬의 곳에는 본국 수군의 보가 설치되어 있사옵니다."

세자가 적극 밀어붙였다.

"그러면 더 좋네요. 다시 협상해서 여기로 하세요. 사방이 섬으로 둘러싸여 있고 강화 뱃길의 길목이어서 그들에게도 결코 나쁘지 않을 겁니다."

이원수가 문제를 지적했다.

"하온데 그 섬은 해로의 중심이어서, 오히려 백성들에게 더 노출이 많이 되옵니다."

"그래서 이 섬으로 하라는 거예요. 삼남의 조운이 강화도와 김포를 가르는 염하(鹽河)가 아니면 이리로 들어오니, 화란양행 상관을 보면서 달라진 나라의 변화를 체감할 수 있잖아요."

"그렇기는 하옵니다."

박종보가 바로 고개를 숙였다.

"알겠습니다. 그들과 다시 협상해 보겠사옵니다."

"그러세요. 화란양행의 일본 나가사키 상관은 우리말로 출도(出島)라고 부르는 인공섬이에요. 그 섬의 규모가 4천여 평에 불과하지요. 그리고 외부와의 교류도 제한하고 있고요. 그 섬에 비하면 여기는 비교할 수 없이 유리한 지역입니다."

이원수가 궁금해했다.

"저하, 우리가 개항하면 상관이 폐쇄되어야 합니다. 그런데도 화란양행이 상관 개설을 줄기차게 시도하는 까닭이 무엇입니까?"

"하하! 그거야 당연히 우리와의 교역 기득권을 유지하기 위해서지요."

"개항이 되면 기득권도 사라지지 않습니까?"

"그건 우리 상무사가 하기 나름이에요."

"아! 그렇습니까?"

"예. 북벌이 완성되고 몇 년 지나지 않아 개항을 하겠지요. 그 기간을 합하면 10년 남짓일 거고요. 그럼에도 화란양행이 상관을 개설하려는 까닭은, 그 기간만으로도 상관 개설은 충분히 이익이 있다고 판단하고 있을 겁니다."

"상관을 개설하려면 상당한 투자가 선행되어야 합니다. 그런데 그 비용을 10년 만에 회수할 수 있다고 자신한단 말씀이군요."

"그렇지요. 저들이 많은 비용을 투자하고서라도 우리와의 인연을 이어 가고 싶은 건 목적이 있어서예요."

"그게 무엇입니까?"

"저들은 내가 개설하려는 무역은행에 큰 관심을 갖고 있어요. 무역은행이 무엇인지 좌익위와 외숙은 잘 알고 계시지요?"

두 사람이 동시에 대답했다.

"물론입니다. 저하께서 신들에게 누차 교육을 시켜 주셨는데 당연히 잘 알고 있지요."

"맞아요. 이전에도 밝혔지만 나는 무역은행을 상무사 자산은 물론 왕실 자산을 운용하는 투자은행으로 만들 거예요. 그리고 언젠가는 자산가와 백성들의 자산도 신탁을 받을 것이고요."

박종보가 놀라워했다.

"일반 자산가와 백성들의 자산까지 신탁받아 운용하게 되면, 운용하는 자산이 어마어마하게 커지겠사옵니다."

"그렇지요. 아마 단일 자산으로는 세계 최고가 될 거예요. 아니 그렇게 되도록 만들 거고요."

이원수가 나섰다.

"그런 무역은행에 화란양행도 참여하기를 바란다는 말씀이옵니까?"

"그래요. 대업을 완수한다고 해서 우리 조선이 세계 최강이 되기는 쉽지 않아요."

서양사에 박식해진 박종보가 나섰다.

"옳은 말씀입니다. 오스만을 견제한 것처럼, 서양 제국이 그렇게 되도록 만들지 않을 게 분명합니다."

"맞아요. 그래서 나는 자본으로 세상을 휘어잡으려고 해요. 그런 자본을 바탕으로 해외 영토를 매입하거나 이권을 확보해, 우리 조선을 다른 나라가 넘보지 못하는 강력한 부국으로 만들려고 해요."

"그렇게 하기 위해서는 군사력도 겸비해야겠사옵니다."

"당연하지요. 지키지 못하는 보물은 재앙이나 마찬가지입니다. 적어도 서양의 어느 국가와도 뒤지지 않는 강력한 군사력 양성은 필수입니다."

박종보가 거들었다.

개혁군주

"그렇게 되면 저하의 바람대로 본국 화폐가 기축통화가 될 수도 있겠사옵니다."

세자가 기대감을 숨기지 않았다.

"적어도 동양과 태평양에서는 본국 화폐가 기축통화가 되어야 해요. 그래서 우리 조선 백성이 세상 어디를 가더라도 절대 무시당하지 않도록 만들 거예요."

이 말을 한 세자는 주먹을 불끈 쥐었다. 두 사람이 희망 가득한 표정으로 그 모습을 보며 크게 고개를 끄덕였다.

며칠 후.

어명으로 화란양행 상관 설치가 공표되었다.

조정은 이미 화란양행의 역할에 대해 잘 알고 있었다. 그래서 상관 설치에 대해 우려는 있었으나 반대 의견은 나오지 않았다. 특히 젊은 관리들은 개항이 얼마 남지 않았다며 반기기까지 했다.

이전이었다면 감히 있을 수 없는 반응이었다. 그만큼 조선이 변하고 있다는 의미였다.

❀

3월 하순.

드디어 금혼령이 내려졌다. 13살에서 15살까지의 혼사를 금지한다는 어명에 나라가 들썩였다.

국혼은 간택부터 시작된다.

간택은 명나라 제도를 참조한 조선만의 전통 의식이다. 일종의 세자빈 선발대회와도 같은 간택은 세 번에 걸쳐 진행된다.

간택 절차는 반가에서 집안 내력을 담은 처녀단자를 올리면서 시작된다. 여기서 이십여 명을 선출하는 초간택, 이어서 십여 명을 선출하는 재간택, 그리고 두세 명을 선출해 삼간택이 거행된다.

간택은 본래 내명부의 수장이 주관한다. 그러나 세자의 간택은 국왕이 직접 참여했다.

재간택으로 세 명의 후보가 결정되었다.

이어서 가례도감이 설치되었다.

국왕은 가례도감 도제조에 측근인 예조판서 이만수를 임명했다. 그리고 몇 명의 제조와 당상관을 임명해 보좌하게 했다.

가례도감이 혼례 절차에 들어갔다.

국왕의 후손으로 국혼은 처음이었다. 그런 모처럼의 국혼에 온 나라가 정성을 쏟았다.

삼간택에 참여하는 후보의 집으로 상궁들이 나가 대궐의 법도를 가르친다. 그리고는 별궁에 입궁해 궁궐의 분위기를 익히도록 배려해 준다.

이런 기간이 한 달여가 된다. 이 기간도 당연히 온 나라의 관심은 세자빈 간택에 쏠려 있다.

이런 흐름과 달리 북촌의 한 집은 너무도 분위기가 가라앉아 있었다. 다름 아닌 규장각 직각 김조순의 자택이었다.

그는 얼마 전까지 좌부승지였었다.

그러다 국혼 발표가 있기 전 규장각 직각으로 보직이 이동되었다. 규장각 직각은 종6품부터 정3품 당상관까지 폭넓게 임명되는 자리다.

좌부승지였던 김조순은 당연히 당상관 직각이 되었다. 그래서 자리 이동은 당연했으나, 규장각 직각이 된 이후 발표된 국혼이 문제였다.

국왕은 그가 좌부승지일 때 국혼을 발표해도 되었다. 그런데 구태여 규장각 직각으로 이동시키고 나서 국혼을 발표한 것이다.

이게 무엇을 의미하는지 그는 모르지 않았다. 그러나 혹시하는 심정으로 자신의 큰딸의 처녀단자를 제출했었다.

그러나 혹시나는 역시나일 뿐이었다.

자신의 큰딸은 초간택의 문턱조차 넘지 못하고 탈락하고 말았다. 이미 대강의 사정은 눈치를 채고 있었지만, 김조순은 허탈했다.

그래서 국혼이 진행되는 내내 거의 밤마다 술을 마셨다. 이날도 퇴청하자마자 술상을 들여서 자음 자작하고 있었다.

이때였다.

"영감마님, 이조참의 영감께서 오셨사옵니다."

이조참의 심상규가 왔다는 말에 김조순이 고개를 갸웃했다.

"가권(可權)이 지금 시각에 웬일이지?"

이때, 밖에서 목소리가 들렸다.

"이 사람, 사원(士源). 날세. 가권이야."

김조순이 서둘러 생각을 털어 냈다.

"어서 들어오시게."

김조순과 심상규는 둘도 없는 벗이다. 그런 심상규가 방문을 열고 들어서며 혀를 찼다.

"쯧쯧. 오늘도 술이신가?"

김조순이 씁쓸한 표정을 지었다.

"못난 꼴을 보여서 미안하이."

심상규가 펄썩 주저앉으며 잔을 들었다.

"혼자만 마시지 말고 나도 주시게."

이러고는 거푸 석 잔을 받아 마셨다.

"요즘 왜 이리 저녁마다 술인가? 들어오다 보니 청지기가 걱정을 많이 하던데. 자네가 너무 술을 마신다고 말이야."

김조순이 씁쓸해했다.

"허허! 내가 못난 놈이지. 아랫것들에게 존경은커녕 걱정을 끼치고 있으니 말이야."

"그게 다 술 때문에 그런 거 아닌가. 대체 왜 이렇게 술을 많이 마시는 겐가?"

김조순이 대답 대신 한숨을 내쉬었다.

"후!"

김조순이 연거푸 한숨을 내쉬었다.

그 모습을 바라보던 심상규가 먼저 입을 열었다.

"이번 간택 때문에 속이 상한 겐가?"

"……."

"이보게, 사원. 그 일은 이미 지난 일 아닌가. 그러니 그만 잊도록 하게."

"……나도 그러고 싶네. 하지만 딸아이를 생각하면 마음이 편치가 않아."

"자네가 이런다고 해서 바뀌는 건 아무것도 없어. 그리고 솔직히 자네 집에서 먼저 문제를 일으키기도 했잖아."

김조순이 바로 잔을 비웠다.

"빌어먹을! 숙부들께서는 왜 시키지도 않은 일을 해서 이 지경으로 꼬이게 만들었는지."

"그분들 원망을 해서 무엇 하겠나. 그때는 그게 최선이라고 생각해서 그러셨는데."

"그렇기는 하지만 내 꼴이 너무 우습게 되었지 않은가. 자네도 그렇지만 내 주변 사람들은 사정이 어떻게 돌아가는지 다 알잖아."

김조순이 다시 술을 따르고서 잔을 비웠다.

"딸아이가 불쌍해. 이런 소문이 난 마당에 제대로 시집을 보낼 수 있는지도 걱정이야."

심상규가 펄쩍 뛰었다.

"무슨 말을 그리하나. 자네 여식의 용모와 성품이라면 어떤 집안이라도 탐을 낼 걸세."

김조순이 고개를 저었다.

"그렇지 않아."

심상규의 목소리가 낮아졌다.

"자네, 혹시 이번 일을 갖고 주상 전하를 원망하는 건 아니겠지?"

김조순이 펄쩍 뛰었다.

"그런 일은 없네! 원망이라니!"

"다행이네. 나는 혹시 자네가 그런 생각을 하고 있는지 저어했었네."

김조순이 속내를 숨기지 않았다.

"솔직히 아쉬운 건 맞네. 그리고 모든 일이 내 부덕의 소치인데 전하를 원망할 생각은 없네."

"왜 이렇게 상황이 달라졌는지는 아는가?"

김조순이 고개를 저었다.

"짐작은 하지만 확실히는 모르네."

심상규의 목소리가 낮아졌다.

"세자 저하께서 간청하셨다고 하네."

김조순이 눈을 크게 떴다가 힘없이 고개를 저었다.

"역시 내 짐작이 맞았군."

"주상 전하께서 자네의 여식을 눈여겨봤던 건 자네 가문의 위상 때문이었네. 유약했던 세자 저하를 보필할 수 있는 적임으로 생각하셨지."

김조순도 알고 있는 사실이었다.

"연전에 연경에 다녀와서 뵈었을 때 언뜻 그런 말씀을 하셨었지."

"그래. 그런 전하의 배려를 세자 저하께서 거부하셨다고 하네. 자네 가문이 너무 성세여서 자칫 외척이 발호할 수 있다고 말이야."

"후!"

"그만큼 자네 가문의 성세가 대단하다는 말이니 너무 언짢아 말게. 그리고 내가 봐도 지금의 자네 가문은 우리 집안보다 훨씬 융성한 게 사실이고."

안동 김씨는 중기 이후 명문의 반열에 올랐다. 반면에 청송 심씨는 국초부터 왕비를 비롯한 수많은 명문거유를 배출한 조선 최고의 명문이었다.

그런 가문이 인정할 정도로 안동 김씨는 최고의 성세를 구가하고 있었다. 집안이 융성한 건 좋은 일이지만, 그 일로 자신의 딸이 피해를 입었다.

김조순이 입에서 다시 욕설이 튀어나왔다.

"빌어먹을. 집안 때문에 득은 보지 못할망정 딸의 앞길을 망치게 되었으니. 후! 아비로서 참으로 미안하고 부끄럽기 그지없네."

심상규가 주전자를 들어 술을 따랐다.

"너무 속상해하지 말게. 비록 조카가 세자빈이 되지는 않았지만 자네 가문의 성세가 줄어드는 건 아니잖아. 그리고 좋은 가문의 후손을 골라 인연을 맺어 준다면 그게 더 조카에게 행복할 수도 있지 않겠나."

조금도 틀린 말이 아니었다.

아니, 딸의 입장에서 보면 여염에서의 삶이 훨씬 행복할 수도 있었다. 그러나 자신이 계획하던 기대를 접어야 하는 게 너무도 아까웠다.

심상규도 김조순의 내심을 모르지 않았다. 그러나 그 부분을 건드릴 정도로 어리석지 않았다.

그가 준비해 온 말로 다독였다.

"이제 지난 일이니 그만 훌훌 털어 버리세. 그리고 이번에 오우(五友)를 한번 모여야 하지 않겠나?"

오우란 말에 김조순이 번쩍 정신을 차렸다.

"그렇지. 한동안 그분들을 못 만났었지."

심상규가 거론한 다섯 명의 벗은 모두 초계문신 출신들이다. 국왕은 당하관 중 서른일곱 살 이하의 관리를 초계문신으로 지정해 연구에만 전념하게 했다.

그러면서 3년여간 그들을 직접 가르치며 내공을 길러 주었다. 그리고 초계문신의 연구 성과를 직접 국정에 반영하기도 했다.

이들 중 유독 다섯 명의 인물이 출중했다.

나이 차는 10년 이상 나지만, 이들은 수시로 만나 국정을 토론하고는 했다. 이들은 가장 나이가 많은 이만수를 비롯해 김조순, 남공철, 심상규, 서영보 등 다섯이다.

심상규의 목소리가 은근해졌다.

"그리고 오늘 내가 자네의 집을 찾은 것은 주상 전하께서 특별히 부탁하신 때문이네."

김조순이 물을 뒤집어쓴 듯 화들짝 놀랐다.

"그게 정말인가?"

"그래. 전하께서 이렇게 말씀하셨네. 혈연은 인연이 부족해 맺지 못하지만, 군신의 인연만큼은 언제까지라도 이어 가야 하지 않겠냐고 말일세."

김조순은 장탄식을 했다.

"아아!"

그런 그는 어느 순간 눈물을 왈칵 쏟았다. 심상규는 한동안 흐느끼는 그를 가만히 지켜만 봤다.

잠시 후.

"전하께서 나를 버리지 않으셨구나."

"당연하지. 그대는 우리 중에서도 특별히 전하께서 아끼셨지 않은가. 세자 저하께서 유충하실 때 우리 규장각 각신들을 불러, 저하를 끝까지 보필해 달라는 하교를 잊지 않았겠지?"

"그랬었지. 맞아. 그랬어."

"그런 말씀을 하신 전하께서 어찌 그대를 버릴 수가 있겠나."

"아아……."

김조순은 자책했다.

"맞네. 내가 어리석었어. 전하와 혈연은 맺지 못하지만 군신 관계는 영원한 것을."

"그렇지. 그러니 쓸데없는 감정을 훌훌 털어 버리게. 그리고 당당히 나가서 전하께 국혼을 하례드리도록 하게."

"……그래야겠지?"

"그럼! 내가 알던 풍고는 당연히 그래야 하고말고. 그리고 그렇게 처신하는 게 충신의 본분 아닌가. 자네가 그런 호연지기를 보여 줘야 전하께서도 심중에 갖고 있는 감정의 찌꺼기를 훌훌 털어 버리실 것이네."

김조순이 결심했다.

"맞아. 충신이라면 의당 주군의 심중까지 헤아려야지. 알겠네. 내, 자네의 말대로 하겠네."

심상규가 웃으며 술잔을 들었다.

"하하하! 그렇다고 오늘의 이 술자리까지 내치지는 말게."

김조순도 호탕하게 웃었다.

"하하하! 염려 말게. 자네가 내 어리석음을 깨우쳐 주었으니, 오늘 술독이 비도록 마시도록 하세."

"하하하! 좋네."

두 사람이 잔을 부딪치고는 단숨에 비웠다. 그런 두 사람
은 서로를 바라보며 가가대소했다.

❀

며칠 후.

김조순은 국왕이 규장각을 찾았을 때 자신의 어리석은 행
동에 대해 용서를 구했다. 국왕은 크게 웃으면서 그의 어깨
를 두드려 주고는 불편했던 감정을 털어 냈다.

국혼은 일사천리로 진행되었다.

삼간택을 거쳐 세자빈이 결정되었다. 세자빈은 세자의 바
람대로 명문이지만 권세 가문은 아닌 집안의 여식이 선정되
었다.

세자는 국혼과 지방행정 개편으로 정신없는 시간을 보내
야 했다. 다행히 역모 이후 국력이 집결된 덕분에 국정 운영
은 거침이 없었다.

화란양행의 미법도 상관이 지어지면서 서양과의 교역은
더한층 탄력을 받게 되었다. 아울러 청국과의 교역과 남방과
인도 등의 직교역도 큰 성과를 거두며 개혁의 든든한 버팀목
이 되었다.

국혼이 끝나고 국사 대사가 진행되었다.

노비 해방을 위해 인구조사가 시행된 것이다. 이를 위해 조정은 노비 조사 규정부터 반포했다.

노비를 빼돌리면 속량전의 박탈은 물론 경중에 따라 큰 처벌을 받게 되었다. 반대로 빼돌린 노비를 신고하면 포상을 하고, 노비 자신이 직접 고변하면 속량을 면제해 주도록 했다.

이 부분에서 약간의 반발이 있었다.

유교는 윗사람의 허물을 아랫사람이 드러내는 걸 금기시했다. 그래서 고을 수령이 악행을 저질러도 이를 백성이 고발하면 처벌을 받았다.

바로 '부민고소금지법' 때문이다.

이 악법으로 인해 백성들은 수탈을 당해도 하소연할 곳이 없었다. 백성이 관찰사나 조정에 고변하면 어처구니없게 처벌을 받았다.

조선에는 3대 악법이 있다.

첫째가 과부재가금지법이다.

둘째가 서얼금고법이다.

그리고 셋째가 부민고소금지법이다.

부민고소금지법이 성군(聖君)으로 칭송받는 세종 시대에 만들어진다. 그리고 서얼금고법도 태종 후기 명문화되어 세종 때 완성된다.

부민고소금지법으로 인해 노비가 주인을 고변하는 일이

문제가 되었다. 그래서 세자는 이 법의 문제점을 국왕께 진언해 법 자체를 폐지했다.

약간의 반발이 있었으나 국왕이 밀어붙여 부민고소금지법이 폐기되었다. 이렇게 해도 될 만큼 국왕의 통치력은 이전에 비해 막강해져 있었다.

이미 오래전부터 이 법의 문제점이 자주 거론되어왔었다. 더구나 이미 서얼금고법이 폐지되었던 탓에 극렬한 반대는 없었다.

노비 조사는 전국에 배치된 중앙군이 전담했다. 여기에 검찰과 경찰 병력도 모두 동원되었다.

이 조치가 최고의 선택이었다.

중앙군은 지역에 연고가 전혀 없었다.

그래서 누구의 눈치도 보지 않고 일 처리를 해 나갈 수 있었다. 더구나 지방행정 개혁을 관장하면서 지역 정보를 상당해 축적해 둔 상태였다.

군이 나서자 아전이 야료를 부리거나 토호, 향반과 결탁하기가 어려웠다. 덕분에 노비 조사는 시작과 동시에 일사천리로 진행되었다.

노비 해방은 나라의 모든 조직이 일치단결해서 추진되었다. 수많은 노비가 일시에 면천되는 대상이었으나 질서 있게 추진되었다.

그리고 연말.

국왕이 어탁에 올라 있는 두툼한 서류를 보며 너털웃음을 터트렸다.

"허허허! 드디어 노비 조사가 완료되었구나."

호조판서 김재찬이 몸을 숙였다.

"그러하옵니다. 군과 검경이 일치단결해서 두 달여 만에 완결을 볼 수 있었사옵니다."

국왕이 크게 치하했다.

"고생들이 많았다. 모두가 역사에 남을 장한 일을 했다. 그런데 노비 숫자가 300만이 넘는다니, 예상보다 숫자가 많구나."

"공노비는 노비안을 장례원(掌隷院)이 철저하게 관리해 왔었습니다. 그래서 지난해 공노비 해방에 큰 도움이 되었고요. 그러나 사노비는 민간의 영역이어서 제대로 된 노비 숫자에 관한 조사가 지금까지 한 번도 없었사옵니다. 그러다 보니 장례원도 대강의 숫자만 파악하고 있어서 의외로 많아 보이는 것이옵니다."

"이 숫자를 보니 세자의 말이 사실인 거 같구나."

영의정 이병모가 몸을 숙였다.

"무엇이 사실이라는 말씀이옵니까?"

"세자는 지금까지 인구조사가 제대로 이뤄지지 않았다고 지적했었소. 아전들과 고을 수령이 적당히 이전의 숫자에 맞춰서 보고를 해 왔다고요. 그래서 실질적인 인구와 정기적으

개혁군주

로 조사되는 인구의 격차가 상당하다고 했지요."

이병모도 동조했다.

"송구하오나 그럴 가능성이 아주 높사옵니다. 지난해부터 조사에서 밝혀낸 은결만 해도 20만 결이 넘사옵니다. 그것도 아직 전수조사가 끝나지 않은 상태이옵니다. 토지도 이 정도인데 인구 숫자는 더 말해 무엇 하겠사옵니까?"

좌의정 이시수가 건의했다.

"전하! 이번이 아주 좋은 기회입니다. 군이 전국에 배치되어 있는 상황을 적극 활용해 인구조사를 원천적으로 새로 했으면 하옵니다. 그래야 내년에 있을 군제 개편에도 도움이 되지 않겠사옵니까?"

인구조사는 예정되었던 일이었다. 그런데 아예 판을 뒤엎어서 완전히 새로 접근하자고 한다.

국왕이 즉석에서 윤허했다.

"그렇게 하라. 이번에 군과 검경이 좋은 활약을 했다. 그러니 그에 대한 포상을 넉넉히 하고서, 인구조사를 전담시켜 전면적으로 실시하라."

"명심하여 거행하겠사옵니다."

국왕의 지시가 거침이 없었다.

"해방된 노비들은 미리 짜둔 계획대로 전국의 주요 사업장으로 이동 배치하라. 그리고 스스로 속량한 외거노비들은 그들이 살고 있는 고을에서 석 달을 부역하게 하라."

"어명을 받들어 거행하겠사옵니다."

해방된 노비들은 나라에서 추진하는 국가 기간사업장에서 3년간 부역하게 되어 있었다. 이런 부역에도 최소한의 임금은 지급되었다.

조선은 도로 사정이 열악하다.

가장 먼저 도로 확장부터 실시되었다. 전국의 주요 항만도 대대적인 확장공사가 실시되었다.

경기도와 황해도 등지의 염전 사업에도 많은 사람이 배치되었다. 염전은 바다에서 새로운 밭을 일구는 거나 마찬가지다.

그래서 조정은 자신이 조성한 염전의 소유권을 인정해 주었다. 이런 조치로 의외로 많은 숫자가 염전을 자원했다.

수많은 광산이 새롭게 개발되었으며, 군의 주요 시설물도 새롭게 건설되었다. 이러한 공사에는 특히 젊은 노비들이 배정되었다.

❋

해가 바뀌었다.

노비들의 대이동이 시작되었다.

세자는 노비 이동과 배치작업에 처음부터 관여했다. 그리고 인력을 적소에 배정하거나 인원이 넘치면 새로운 건설을 추진하도록 즉각 조치했다.

이런 세자의 활동에 유생들이 도움을 주고 있었다. 세자는 노비 배정에 관한 업무에 이십여 명의 유생을 적극 활용했다.

일의 편의도 구하면서 유생들의 안목을 넓혀 주기 위함이었다. 세자는 유생들에게 변화하는 국가 상황을 직접 확인시켜 주고 국정 현안에 참여할 기회도 제공해 주고 싶었다.

유생들은 세자의 배려를 크게 반겼다. 그들로서는 국정에 참여한다는 자부심과 함께 실질적인 능력도 배양할 수 있는 기회였기 때문이다.

조정도 세자의 이런 조치를 반겼다. 업무 분담도 될뿐더러, 장차 나라를 이끌게 될 유생들의 경험을 축적시키는 절호의 기회였기 때문이었다.

이런 변화 또한 조선의 새로운 모습이었다.

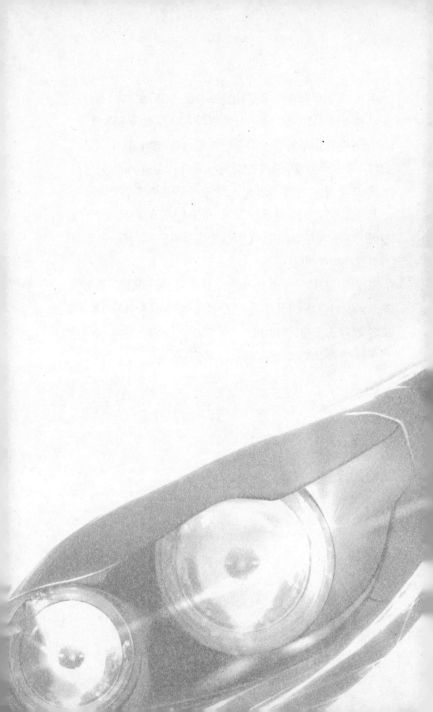

미래를 위한 계획

2월 초순.

유생들은 한양과 경기, 황해도의 배치 업무를 전담했다. 그런 유생들이 근무하는 전각은 늘 북적였다.

정원용이 서류를 들여다보다 제안했다.

"마포나루 부두 공사에 사람을 더 보내야겠습니다. 아무래도 지금의 인력으로는 제시간에 일을 끝내지 못할 것 같습니다."

권돈인이 동조했다.

"좋은 말씀입니다. 만리고개 확장공사가 곧 끝나니, 그 인력을 전부 그리로 보내면 되겠습니다."

"알겠습니다. 그러면 현장과 일정을 협의해 사안을 처리하겠습니다."

이어서 누군가가 문제점을 제기했다. 그러자 몇 사람이 열정적으로 자신의 의견을 개진하면서 안건이 처리되었다.

세자는 한쪽에서 그런 유생들의 모습을 흐뭇하게 바라보고 있었다. 그런 세자에게 김 내관이 다가와 조용히 보고했다.

"저하! 화란양행의 시몬스 상관장이 뵙기를 청하옵니다."

"어디에 있지?"

"여의도 상무사에서 기다리겠다고 하옵니다."

고개를 끄덕인 세자가 자리에서 일어났다. 그리고 격론을 벌이는 정원용에게로 다가갔다.

정원용이 황급히 일어났다.

"저하!"

"선지(善之). 이번에 과거시험을 본다면서?"

선지는 정원용의 자다.

정원용이 머쓱한 표정으로 머리를 긁적였다.

"집안 어른들의 바람도 있고 해서 이번에는 응시하려고 합니다."

세자가 미안해했다.

"지난해 응시를 해야 했는데 나를 도와주느라 응시를 못해서 미안했어."

정원용이 펄쩍 뛰었다.

"아니옵니다. 소인이 공부가 부족해 금년으로 미뤘던 것

개혁군주

입니다."

"어쨌든 이번에 급제했으면 좋겠어. 선지의 능력이면 분명 좋은 성적을 거둘 수 있을 거야."

세자의 믿음에 정원용이 감격했다.

"최선을 다해 꼭 좋은 성적을 거둬보겠습니다."

세자가 흡족한 표정으로 권돈인을 바라봤다.

"경희도 이번에 응시할 거지?"

경희는 권돈인의 자다.

"예. 응시해 보려고 합니다."

"경희도 충분한 능력이 있잖아. 기왕이면 두 사람 모두 좋은 성과를 거뒀으면 좋겠어."

권돈인도 급히 몸을 숙였다.

"저하의 믿음에 반드시 보답해 보이겠사옵니다."

세자가 두 사람에게 신뢰를 보였다.

"나는 그대들이 과거에 급제하지 않더라도 반드시 중히 쓸 생각이야. 그러니 너무 큰 부담을 갖지 않았으면 좋겠어. 아! 그렇다고 너무 적당한 건 사양이야."

정원용이 웃으며 화답했다.

"하하하! 저하께서 이리 말씀을 하셨는데 어떻게 적당히 공부하겠습니까?"

권돈인도 적극 동조했다.

"옳은 말이옵니다. 비록 낙방한다 해도 최선을 다했다는 자긍심만은 잃지 않겠사옵니다."

세자가 크게 고개를 끄덕였다.

"좋은 태도야. 두 사람도 그렇지만, 이번에 과거를 보게 될 다른 사람들도 좋은 성과가 있었으면 좋겠어."

모두가 합창했다.

"최선을 다하겠사옵니다."

"자! 모두 수고들 해 줘. 나는 여의도에 사람이 와 있어서 나가 봐야 해."

"조심해서 다녀오십시오."

인사를 받은 세자가 손을 들어 답례했다. 그렇게 대궐을 나온 세자는 한양 도심을 가로질렀다.

세자가 주변을 둘러봤다. 그런 세자의 시선에는 곳곳이 파이고 뒤집힌 공사 현장뿐이었다.

"보이는 곳 모두가 공사 현장이네요."

세자의 가마와 보조를 맞추며 말을 몰던 이원수가 설명했다.

"한양 전체가 공사판이라고 해도 과언이 아닙니다."

"그러게 말이에요. 아직은 아침저녁으로 쌀쌀한데 모두들 고생들이 많네요."

"그래도 어려운 사람들에게는 일이 있다는 사실만 해도 어디입니까. 한양 일대 공사 현장 인부들 중에는 노비 출신도 많지만, 형편이 어려운 백성들도 많사옵니다."

세자가 천천히 고개를 끄덕였다.

개혁군주

"배수로 공사가 가장 크지요?"

"그렇습니다. 도로 확장도 일이 많지만, 무엇보다 큰 공사
는 배수로 공사입니다. 보시는 대로 한양의 도로 중 뒤집히
지 않은 곳이 없습니다."

이원수의 설명대로 세자 행렬이 지나는 도로도 전부가 파
여 있었다. 그러한 도로에는 사람 키보다 깊은 구덩이들이
길게 파여 있었다.

이원수가 의문을 제기했다.

"저하, 그런데 저렇게 크고 깊은 배수로를 만들 필요가 있
사옵니까?"

"당연히 있지요. 지금은 한양 일대의 인구가 수십만이에
요. 그러나 경제가 발전하면 인구가 백만, 이백만으로 불어
나는 건 순간이고요. 그런 때를 대비해 배수로 공사를 해 놓
지 않으면 두고두고 문제가 되어요. 그리고 지금도 날만 흐
리면 냄새가 진동하잖아요."

"그건 그렇습니다. 날이 흐려도 그렇지만, 비가 조금만 와
도 구리한 냄새가 온 장안에 깔립니다."

세자가 손으로 배수로 공사를 가리켰다.

"그런 냄새를 없애기 위해서라도 배수로 공사는 필수예
요. 다행히 우리 한양에는 중심을 가로지르는 개천이 있어
요. 그래서 따로 중심배수로를 만들 필요가 없는 장점이 있
지요. 그 개천으로 모든 배수로를 연결하고서 복개한다면 한

양은 깨끗해질 거예요. 아울러 한양 중심을 가로지르는 넓은 도로도 새로 얻게 될 것이고요."

개천은 지금의 청계천을 말한다.

이원수가 바람을 숨기지 않았다.

"그리만 된다면 한양 그림이 완전히 달라질 겁니다. 개천은 비만 조금만 많이 와도 물이 넘쳐 항상 문제였습니다. 수질이 더러워 이질도 자주 창궐하고요. 복개가 되면 그런 문제는 완전히 없어지겠습니다. 기왕 정비할 거면 개천 주변의 빈민가도 전부 정리했으면 좋겠사옵니다."

"그렇게 해야지요. 개천이 복개되면서 그 주변도 자연스럽게 정비될 거예요."

"그렇다면 다행이옵니다. 그런데 저처럼 넓은 개천을 복개할 수 있겠사옵니까?"

"예전이었다면 생각도 못 할 일이지요. 허나 지금은 토목기술이 많이 발전해서 가능해요. 자재도 양회공장이 본격 가동되었으며 붉은 벽돌도 대량생산이 가능하잖아요. 제철소에서 철근도 대량으로 뽑아내고 있고요. 그러한 건설 재료들을 적절히 활용해서 시공한다면, 개천에는 그 어느 곳보다 튼튼한 배수로가 이중으로 만들어질 거예요."

이원수가 몇 번이고 놀랐다.

"그저 놀라울 따름입니다. 우리나라의 토목공사 기술의 발전 속도가 상상 이상이옵니다. 이전이었다면 감히 생각지

개혁군주

도 못할 개천 복개 같은 대공사도 너끈히 시공할 정도가 되었으니 말입니다."

"이건 시작에 불과해요. 이번에 해방된 인력을 적극 활용해 앞으로 다양한 토목공사를 진행할 거예요. 그런 공사에는 크고 작은 교각 공사도 포함되어 있고요. 그렇게 토목 기술을 차곡차곡 축적해서 한강에 다리를 놓을 거예요."

이원수가 깜짝 놀랐다.

"한강같이 넓은 강에 다리를 놓는다고요? 그게 정녕 가능한 일입니까?"

"지금 당장의 기술력으로는 어렵지요. 하지만 지금처럼 기술축적이 급속히 진행된다면 머잖아 한강에 다리를 부설할 수 있을 거예요."

"그렇게만 된다면 얼마나 좋겠사옵니까. 한강에 다리가 놓인다면 조선의 미래가 크게 바뀔 것이옵니다."

세자가 웃으며 마무리했다.

"하하! 말만 들어도 기분이 좋네요."

세자 행렬은 숭례문을 빠져나왔다.

본래 한양 성문을 벗어나면 얼마 지나지 않아 길이 좁아진다. 그런 도로가 대대적인 인력이 투입되면서 대폭 확장되고 있었다.

도로 확장 공사는 마포에 이를 때까지 계속되고 있었다. 세자 행렬이 마포나루에 도착하자 놀라운 광경이 펼쳐졌다.

이원수가 탄성을 터트렸다.

"이야! 마포나루가 몇 달 사이 완전히 상전벽해가 되었네요."

마포나루를 포함한 한강 나루들은 한양의 관문 역할을 하고 있었다. 그럼에도 지금까지는 나무 판자로 만든 나루와 흙을 다져 만든 공터가 고작이었다.

그것도 세자가 여의도를 왕복하면서 손을 봤다는 게 그 정도였다.

그런 마포나루가 완전히 바뀌었다.

부두 접안시설은 석재로 마감했다. 그런 선착장에 조성된 드넓은 광장이 콘크리트로 포장되었다.

이뿐이 아니었다.

나루터 주변에는 잡다하게 창고들이 늘어서 있었다. 이런 창고들도 모조리 철거되었으며, 그 대신 벽돌 창고가 수십여 동 지어지고 있었다.

이원수가 연신 주변을 둘러봤다.

"저하! 여기가 정녕 이전의 마포나루인지요. 이 모든 시설들을 불과 두 달여 만에 만들다니 실로 놀라울 따름입니다. 짓고 있는 창고 공사만 끝난다면 그야말로 완벽하겠사옵니다."

세자도 놀랐다.

"그러네요. 나도 이렇게 빨리 공사가 진행될 줄 몰랐네요."

이때, 몇 사람이 급히 달려왔다. 세자가 그들을 바라보니 상무사 건설부장 유진성이었다.

개혁군주

"저하께서 오셨사옵니까?"

"반가워요. 유 부장이 마포 공사를 담당하나 보네요."

"예. 저하께서 이용하시는 시설물이어서 제가 직접 공사를 감독하고 있었습니다."

"그런데 어떻게 된 일이에요? 공사가 예상보다 빠르게 진행되고 있어요."

"그건 사전 준비를 이전부터 해 놓아서 그렇사옵니다. 본래의 공기라면 이제 막 접안시설을 완공해야 맞습니다."

"보고서에 따르면 인부가 부족하다고 하던데요."

유진성이 손으로 객주가 있는 쪽을 가리켰다.

"일손은 저기 있는 객주 지역을 정비하려다 보니 부족해진 것이옵니다. 실상은 보시는 대로 이곳 마포와 건너 여의나루 접안시설 공사가 마무리된 상태입니다."

"다른 한강 나루도 공기가 이렇게 빠른가요?"

"아닙니다. 그곳은 일정대로 진행되고 있고요. 다만 우리 상선의 모항인 강화나루는 여기와 비슷한 진척을 보이고 있사옵니다."

"그렇군요."

"가시지요. 소인이 모시겠사옵니다."

세자가 고개를 저었다.

"아니, 오늘은 여기서 걸어가 볼게요."

이원수가 우려했다.

"저하! 광장이 넓어서 선착장까지 꽤 멉니다."

"괜찮아요. 사람도 물건도 없는 부두 광장을 언제 가로질러보겠어요."

"그럼 잠시 기다리십시오."

이원수가 급히 경호 병력을 배치했다. 그런 다음 세자는 유진성의 안내로 광장을 가로질렀다.

세자가 조선에 온 지 벌써 10년이었다. 열네 살이 된 세자가 걷기에 광장은 꽤 넓었다.

"도면만 보다가 직접 걸어 보니 의외로 넓네요."

"저하께서 지시하신 대로 마포 일대 강변을 전부 선착장으로 만들었습니다. 그래서 이전보다 몇 배나 넓습니다."

"잘했어요. 마포는 적어도 이삼십 년은 한양의 관문 역할을 해야 해요. 그런 하항의 부두 광장이 좁아서는 안 되지요."

유진성이 고개를 갸웃했다.

"이삼십 년이라고 단정하시다니요. 그때가 되면 관문이 마포가 아닌 다른 지역으로 바뀌옵니까?"

이원수가 대신 대답했다.

"저하께서는 한강에 다리를 놓으려고 하신다네. 그리되면 마포가 아니라 제물포가 더 번성할 거야."

유진성이 처음에는 깜짝 놀랐다. 그러던 그는 잠시 신중하게 생각하고는 크게 고개를 끄덕였다.

"충분히 가능한 일입니다. 지금은 비록 감당할 수 없지만,

지금처럼 기술을 축적해 나간다면 분명 우리 손으로 다리를 완성할 수 있을 겁니다."

세자가 이원수를 바라봤다.

"좌익위, 신중한 유 부장이 이렇게 장담할 정도면 충분히 가능한 일이겠지요?"

이원수도 동조하지 않을 수 없었다.

"예. 다른 사람도 아니고 유 부장의 말인데 당연히 믿어야지요."

유진성이 고개를 숙였다.

"좋게 봐주셔서 감사합니다."

대화를 주고받다 선착장에 도착했다.

세자는 능숙하게 애용하는 개량된 판옥선에 올랐다. 이전과 달리 선착장이 높아져서 사다리 없이 바로 판옥선에 오를 수 있었다.

유진성이 몸을 숙였다.

"저하! 소인은 그만 일을 보러 가겠습니다."

"고생하세요, 유 부장."

세자가 탄 배가 한강을 가로질렀다. 이원수가 여의나루를 바라보며 탄성을 터트렸다.

"이야! 여의도도 마포나루처럼 선착장이 아주 잘 정비가 되었네요."

세자도 흡족한 표정으로 주변을 둘러봤다.

그리고 잠시 후, 세자가 상무사 본관에서 시몬스와 화란양행 직원들을 만났다.

"오랜만에 뵙습니다, 저하."

"그러네요. 이번에는 1년이 훌쩍 넘었습니다."

"예. 통조림에 관한 특허 처리와 저하께서 따로 지시하신 일 때문에 유럽에서 조금 오래 있었사옵니다. 그리고 우리 상관을 설치할 수 있게 해 주셔서 감사드립니다."

"화란양행은 지금까지 본국에 많은 도움을 주고 있어요. 그런 화란양행을 언제까지 강화나루에 더부살이하게 놔둘 수는 없었어요. 다행히 부왕께서 흔쾌히 윤허해 주셔서 상관을 설치할 수 있게 되었네요. 그런데 상관이 들어선 곳은 마음에 드나요?"

시몬스가 만족한 표정을 지었다.

"물론입니다. 미법도란 섬이 위치도 좋고 독립적이어서 아주 만족합니다. 배정해 주신 인부들도 성실해서 큰 도움이 되고요."

"다행이네요. 그리고 초대 상관장의 취임을 축하해요."

미법도의 화란양행 상관이 개관되면서 시몬스가 초대 상관장이 되었다.

시몬스가 정중히 몸을 숙였다.

"모두가 저하의 도움 덕분입니다."

"하하! 그 말만큼은 인정하고 싶네요. 우리도 화란양행 덕분에 국가 개조를 하고 있다고 해도 과언이 아니니 말이에요."

시몬스도 기분 좋게 웃었다.

"감사한 말씀입니다."

"그건 그렇고 유럽을 다녀오신 일은 어떻게 되었나요?"

"예상보다 큰 성과를 거뒀습니다."

동행한 직원이 서류뭉치를 올렸다.

시몬스가 서류를 하나하나 넘기며 설명했다.

"유럽 각국에 통조림 기술 특허를 등록한 서류입니다."

세자는 눈으로 서류를 대강 훑었다.

"고생하셨네요. 통조림공장은 어디 어디에 설립하였나요?"

"우선은 본국의 암스테르담에 먼저 설립했습니다. 그리고
영국과 프랑스에다 각각 공장 설립 신청을 했었습니다. 그런
데 영국은 특허는 받아들였는데 공장 설립을 허가하지 않았
습니다. 반면에 프랑스는 특허 등록과 함께 바로 허가가 났
습니다."

"예상대로 프랑스가 통조림의 효용성을 먼저 알아보는군요.
영국은 자국 기술이 아니어서 당연히 보류하였을 거고요."

시몬스가 불만을 토로했다.

"맞습니다. 영국은 자신들이 공업 기술을 먼저 발전시켰
다는 자부심이 너무 강합니다. 그래서 웬만해선 공장 설립
허가를 잘해 주지 않기로 악명이 높습니다."

"어쩔 수 없는 일이지요. 그런 자존심이 영국 기술 발전의

원동력이 되어 왔으니까요. 그건 그렇고, 내가 따로 부탁했었던 프랑스 정부와의 협상은 잘 진행되고 있습니까?"

시몬스가 크게 고개를 끄덕였다.

"그렇습니다."

세자가 크게 기뻐했다.

"오! 그래요?"

"우리 회사 대표께서는 바타비아 총독을 역임하기 훨씬 전부터 프랑스 외무 장관인 탈레랑과 친분이 깊습니다. 그런 친분을 적극 이용해 나폴레옹 통령과도 몇 번이나 만남을 가졌습니다."

세자가 크게 흡족해했다.

"나폴레옹 통령과 면담했다니 듣던 중 반가운 소리네요. 그런데 혹시 그 외무 장관이 뇌물을 많이 밝히는 사람 아닌가요?"

시몬스가 놀라워했다.

"저하께서 탈레랑 장관에 대해 알고 계시다니 놀랍네요. 맞습니다. 탈레랑은 주교 출신임에도 뇌물을 많이 밝힙니다. 그래서 몇 년 전 미국과의 국교회복 협상에서 거액의 뇌물을 요구해 협상이 결렬되었었지요. 그 여파로 프랑스와 미국이 전쟁까지 치러야 했고요."

"유사 전쟁을 말하는군요."

시몬스의 눈이 더 커졌다.

"오오! 대단하옵니다. 미국과 프랑스가 몇 년 동안 벌여온 유사 전쟁을 저하께서 아실 줄 몰랐습니다."

세자가 슬쩍 말을 돌렸다.

"대외 교역을 하는 우리 상선은 늘 다양한 정보를 수집하고 있지요. 그런 정보 중에 유럽에 관한 정보가 단연 많고요. 특히 인도에서 영국과 프랑스에 대한 정보를 많이 얻고 있지요."

"그렇군요. 저하께서 말씀하신 선전포고 없는 전쟁, 유사 전쟁은 지난 몇 년간 벌어졌습니다. 그 전쟁에서 프랑스가 사략선을 동원해 미국 상선 300여 척을 나포했고요."

세자로서는 처음 듣는 정보였다.

"300여 척이나요? 유럽과의 교역이 많은 미국으로선 상당한 타격이었겠네요."

"그렇습니다. 그러다 통령정부가 들어서면서 나폴레옹의 지시로 양국은 승자 없는 휴전을 하게 되었습니다."

"탈레랑의 뇌물 요구만으로 전쟁이 일어나지는 않았겠지요?"

시몬스와 동행한 화란양행 직원이 부언했다.

"물론입니다. 미국은 독립전쟁 당시 프랑스로부터 빌린 국채를 상환하지 않고 있습니다. 프랑스 정부의 주체가 달라졌다는 핑계로요."

"아! 왕정 국가에서 민주국가로 바뀐 사실을 문제 삼은 거로군요."

"예. 부르봉왕조가 다시 들어서면 채권을 이중으로 상환해야 할 수도 있으니까요."

"그럴 가능성이 충분하지요."

"그런 미국이 그동안 적대적이던 영국과 제이조약을 체결하고 교역을 시작한 것입니다. 미국의 독립을 지원한 프랑스로서는 이를 배신으로 판단했고요. 유사 전쟁은 이런 배경에서 벌어진 전쟁이었습니다. 그리고 그 전쟁으로 미국이 처음으로 해군을 창설하게 되었고요."

세자로서는 처음 듣는 정보였다.

"그전까지는 미국 해군이 없었나요?"

화란양행 직원이 고개를 저었다.

"없었습니다. 독립 초기여서 해군을 창설할 정도의 여력이 없었다고 보는 게 정확한 표현이지요. 그래서 미국 해군은 연안을 경비하는 밀수감시대 정도가 고작이었습니다."

"그렇군요. 그래도 어쨌든 휴전을 했으니 양국의 관계는 복원되었다고 봐야겠지요?"

이 질문에 시몬스가 대답했다.

"나폴레옹 통령정부가 미국 공사의 파견을 승인해 주었으니 그렇다고 봐야 합니다."

"그러면 전쟁의 원인인 탈레랑 외무 장관은 자리에서 물러났나요?"

시몬스가 대답했다.

"그렇지 않습니다. 탈레랑 외무 장관은 나폴레옹의 정치적 후견인이나 다름없습니다. 그리고 탐욕스럽지만 외교적 역량이 탁월해서 쉽게 교체되지는 않을 것입니다."

"그렇군요. 귀사 대표께서는 그런 탈레랑을 통해 나폴레옹과 긴밀한 관계를 맺었겠군요."

시몬스가 싱긋 웃었다.

"그렇사옵니다. 관계 개선에는 저하께서 특별히 마련해 준 자금이 큰 도움이 되었고요."

"도움이 되라고 지원한 자금인데 요긴하게 쓰였다니 다행이군요."

시몬스가 갖고 있던 의문을 질문했다.

"그런데 저하, 정녕 나폴레옹이 루이지애나를 미국에 헐값으로 넘기려고 할까요?"

세자가 주저 없이 대답했다.

"물론입니다. 미국이 독립하기 전 영국과의 전쟁에서 패한 프랑스는 어쩔 수 없이 루이지애나를 스페인에 넘겨주어야 했습니다. 그러던 프랑스가 몇 년 전 비밀 협상으로 루이지애나를 다시 획득했고요. 이렇게 된 데에는 나폴레옹이 영국을 견제하기 위해 북미식민지를 직접 경영하려는 의도가 있었기 때문이지요."

시몬스가 놀란 표정을 숨기지 않았다.

"저하께서는 정보의 분석 능력이 정말 대단하십니다. 저간의 북미 대륙 사정을 저하께서 말씀해 주기 전까지 우리는 전혀 몰랐었습니다."

"그거야 화란양행이 동인도회사의 전신이어서 그렇지요. 바타비아를 통치하는 동인도회사에, 서인도회사 권역인 북미 대륙 사정은 그저 먼 산의 일이었을 테니까요."

시몬스도 동조했다.

"그랬기는 했습니다. 미국 상선이 광주로 직접 오기 전까지는 관심조차 없었으니까요. 그런데 이번에 가서 탈레랑 장관을 만나 보니 저하의 말씀이 전부 사실이더군요."

세자가 싱긋 웃었다.

"다행이군요. 나폴레옹은 3만의 병력을 북미 지역에 파병하려고 했었지요. 그런데 나폴레옹의 계획에 발목을 잡는 일이 생도맹그에서 터졌고요."

생도맹그는 지금의 아이티다.

시몬스가 격하게 말을 받았다.

"정확하십니다. 서인도제도 생도맹그가 프랑스혁명의 자극을 받아 독립 혁명이 일어났고요. 그리고 프랑스가 혁명으로 어지러운 틈을 이용해 영국과 스페인이 점령하려고 병력을 파견했으나 모두 실패했고요."

"그렇지요. 그렇게 탐을 낼 만큼 생도맹그는 서인도의 주요 거점이고 프랑스의 가장 부유한 식민지였지요. 그래서 신대륙에서의 영향력을 넓히려는 나폴레옹이 생도맹그를 재차 점령하려고 준비된 병력을 파견했으나 너무 잔혹한 행동으로 그만 발목을 잡히고 만 겁니다."

시몬스가 크게 고개를 끄덕였다.

"예. 그래서 나폴레옹이 진퇴양난이 되었다고 합니다. 유럽의 사정 때문에 추가 파병도 할 수 없고, 당장 병력을 철수시킬 수도 없고요."

세자가 말을 이었다.

"더 문제는 북미에서 일어난 거예요. 루이지애나는 그동안 스페인이 지배했어요. 비밀 협상으로 프랑스에게 영토가 넘어갔음에도 스페인은 완전히 철수하지 않은 상태이고요. 그런 스페인의 관리가 미시시피의 미국 선박 항행을 금지시킨 겁니다. 가뜩이나 뉴올리언스를 통과할 때마다 통과료를 지급하던 미국인들로서는 곤혹스러워졌지요."

"그런 일이 있었군요. 그래서 저하께서 미국이 뉴올리언스를 얻기 위해 프랑스와 협상을 하러 온다는 말씀을 하셨군요."

"그래요. 내륙이 개발되지 않은 미국에게 미시시피는 동맥이나 마찬가지지요. 그리고 스페인이 아닌 강대국인 프랑스와 국경을 맞대게 되었으니 얼마나 부담스럽겠어요. 더구나 프랑스는 미국 독립을 지원하면서 상당한 채권을 갖고 있는 상황이고요. 그런 미국이 뉴올리언스를 매입하겠다고 요청한다면 나폴레옹이 어떤 결정을 할까요?"

시몬스가 바로 대답했다.

"프랑스는 미국에게 뉴올리언스를 넘기면서 이전에 물려

있던 채권도 함께 회수하려 하겠네요."

세자가 고개를 저었다.

"맞아요. 본래는 그게 원안이지요. 그런데 프랑스의 상황이 달라진 거예요. 프랑스가 처음과 달리 상황이 변해 루이지애나를 직접 경영하지 못하게 되었잖아요. 그 바람에 가까운 아프리카보다 못한 땅이 되었다는 게 문제예요."

"아! 북미의 대안으로 아프리카가 있었군요."

"그래요, 아프리카. 드넓은 대서양을 건너야 도착하는 루이지애나와 달리 지중해만 건너면 도착할 수 있는 아프리카요. 그리고 무엇보다 아프리카는 사람이 많이 사는 땅이라는 장점이 있고요."

시몬스가 곰곰이 생각하다 대답했다.

"나폴레옹이 전략적 선택을 할 수 있다는 말씀이군요."

"그렇지요. 루이지애나는 땅은 넓지만 사람을 보내 개척을 해야 하는 지역이지요. 그런데 아프리카는 진출만 하면 인력이 넘쳐 나는 곳이고요. 사람이 많으니 소비처로서도 그만인 지역이지요."

"맞습니다."

"나폴레옹이 일으킨 유럽의 전쟁은 영국과의 전쟁이라고 해도 과언이 아니에요. 그런 프랑스로서는 미국의 부담을 덜어 주면서 우호 관계를 회복하는 게 좋다는 판단을 하게 될 겁니다. 아울러 전비도 마련하는 일석이조의 효과를 얻게 될

개혁군주

거고요."

시몬스가 크게 고개를 끄덕였다.

"이제 이해가 됩니다. 그런데 여전히 의문이 하나 있습니다."

세자가 싱긋 웃었다.

"우리가 왜 끼어드느냐는 말이지요?"

"그렇사옵니다. 방금 말씀하신 상황이 조선과는 전혀 연관이 없습니다. 그런데 세자 저하께서는 왜 우리를 내세워 그 협상을 깨트리려는 것입니까?"

세자가 자리에서 일어났다. 그리고 벽에 걸린 지도로 가서 지휘봉을 들었다.

벽에 걸린 지도는 본래보다 조금 다르게 그려져 있었다. 조선은 상대적으로 일본보다 컸으며, 북미와 남미는 비교적 좁게 그려져 있었다.

세자가 지도를 짚어 나갔다.

"우리 조선이 이곳이고, 지난번에 얻은 마리아나제도가 여기예요. 그리고 이번에 거론되는 루이지애나가 여기지요."

이어서 세자의 설명은 한동안 진행되었다. 사람들은 너무도 원대한 계획에 잠시 넋을 잃어야 했다.

시몬스가 한숨을 내쉬었다.

"후! 정녕 대단한 계획입니다. 그런데 그러한 계획이 현실성이 있겠사옵니까?"

"왜요? 내 계획이 너무 거창한 것 같아서 비현실적인 거 같아요?"

"솔직히 아니라는 말씀을 드리지 못하겠습니다."

세자가 다시 지도를 짚었다.

"세계 최강국으로 올라서려는 영국, 그 이전의 스페인과 포르투갈의 본국 영토를 보세요. 거의가 우리 정도이거나 조금 작은 정도예요. 프랑스가 그나마 조금 큰 정도지요. 이런 서양의 여러 나라도 천하를 호령했었는데 우리라고 못 할 건 없지 않겠어요? 더구나 내가 계획하는 지역은 아직 서양의 이권과는 거리가 먼 태평양 북부잖아요."

이 부분은 시몬스도 동조했다.

"그렇기는 하옵니다. 남태평양은 섬이라도 많지만, 북태평양은 하와이를 제외하면 망망대해이기는 합니다."

"그러기 때문에 서양 각국도 당장은 별다른 욕심을 내지 않을 거예요. 본토와 너무 멀고 인구도 별로 없으니까요. 그러한 틈새를 우리가 파고들려는 것이니 화란양행이 많이 도와주세요. 그러면 처음 약속한 대로 그대들에게도 반드시 큰 소득이 돌아가게 될 거예요."

시몬스의 눈이 빛났다.

"저하께서 우리와의 약속을 잊지 않으셨군요."

"물론이지요. 나는 여러분들이 우리를 도와주는 한 끝까지 약속을 지킬 거예요."

시몬스가 다짐했다.

"우리 화란양행은 절대 저하와 조선을 배신하지 않을 것입니다. 아울러 프랑스에 계신 전임 총독 각하께서도 반드시 프랑스와의 협상에서 좋은 성과를 거두게 될 것을 믿어 의심치 않습니다."

세자가 지도로 몸을 돌렸다. 사람들이 보기에 그런 세자의 등은 나이에 비해 넓고 단단했다.

세자가 지시봉으로 지도를 죽 짚었다.

"지금은 나의 계획이 거창하다는 생각이 들 거예요. 그러나 본국의 숙원이 완성되고 나면 상황이 완전히 바뀌게 된다는 점을 잊지 마세요."

"알겠습니다."

이날 세자는 화란양행에 이전보다 훨씬 많은 물량을 주문했다. 그러면서 증기기관과 교량 기술자와 과학자들을 더 많이 초대해 줄 것을 당부했다.

조선은 그동안 꾸준히 서양의 공업기술자와 과학자들을 초대해 왔다. 그럼에도 지역적 한계 때문에 응하는 과학자들이 별로 없었다.

그래서 화란 기술자들이 공업발전에 큰 도움을 주어왔다. 다행히 세자의 이전 지식이 있어서 개혁을 진행하는 데에는 별다른 문제가 없었다.

이러던 상황이 근래 확연히 변했다.

지금까지 많지는 않지만 다수의 과학자들이 조선으로 초

대에 응했다. 이런 기술자와 과학자들이 좋은 대우를 받는 것이 유럽에 알려지기 시작했다.

이즈음 유럽이 전쟁터로 변했다. 이렇게 되자 조선행 배를 타는 기술자와 학자들이 부쩍 늘어났다.

조선은 곧 대학의 문을 열어야 했다.

노비 해방과 함께 시작된 전국 정비 사업이 끝나면 철도를 부설할 계획도 갖고 있었다. 그래서 특별히 증기기관과 교량 기술자를 초빙했다.

❀

협상이 끝나고 시몬스는 화란양행 상관으로 돌아갔다. 이들을 보낸 세자도 곧바로 환궁했다.

그리고 곧바로 국왕을 배알해서는 상황을 보고했다. 보고를 받은 국왕의 용안이 침중해졌다.

"본국은 아직 자력갱생도 마치지 못한 상황이다. 그런데도 직접적인 관계가 없는 타국의 사정에 너무 깊숙이 개입한 건 아닌지 걱정이구나."

"인재를 양성하는 건 나라의 백 년을 위함이라고 하옵니다. 그러나 나라의 미래를 위해 추진하는 이번 일은 적어도 천 년을 위함이라고 생각하옵니다."

"천년대계를 위해 이런 계획을 세웠다?"

"그러하옵니다."

"으음!"

"지금까지 태평양은 스페인의 바다였습니다. 그러다 스페인의 국력이 쇠락하면서 영국과 프랑스가 진출하고 있고요. 이런 상황이 벌어지고 있는 지역도 남쪽에 불과하옵니다."

국왕도 세자와 상무사의 보고를 통해 세상의 변화를 파악하고 있었다. 그런 국왕이 설명의 핵심을 바로 알아들었다.

"무주공산이나 다름없는 북태평양을 우리가 차지하자는 말이구나."

세자가 격하게 반겼다.

"바로 그러하옵니다. 지난번 마리아나제도와 북쪽의 보닌제도를 본국의 영토로 만든 까닭도 다 그런 목표의 연장선상이옵니다."

국왕이 한 가지를 더 지적했다.

"하와이로 병력을 보낸 것도 마찬가지겠지?"

"그렇사옵니다. 하와이는 영국의 제임스 쿡 선장이 방문하면서 세상에 알려졌습니다. 그런 하와이에 병력을 보내 교류를 시작한 까닭은 본국의 영향력을 극대화하기 위해서이옵니다."

"네가 세운 계획대로라면 하와이도 본국이 접수해야겠구나."

세자가 고개를 저었다.

"강점할 생각은 없사옵니다. 그렇게 되면 기득권을 가진 영국이 반발할 테니까요. 소자는 시간을 두고 그들을 경제적 예속을 시킬 것이옵니다. 그러다 보면 무슨 수가 날 것이옵니다."

국왕이 바로 알아들었다.

"자연스럽게 넘어오게 만들겠다는 말이구나."

"예, 아바마마. 아니면 속국으로 만들어 주요 거점을 이용하기만 해도 됩니다."

"흐음! 네 계획이 나쁘지는 않다. 헌데 이번에 네가 간섭하려는 루이지애나는 본국에서 가기도 어려운 지역이다. 거기다 프랑스와 신생국인 미국의 이권이 첨예하게 대립하는 지역이야. 그런 지역을 우리가 구태여 진출할 필요가 있겠느냐?"

세자가 본심을 밝혔다.

"솔직히 거기까지 진출하지 않아도 되옵니다. 물론 진출할 수만 있다면 금상첨화이고요. 그래서 저는 상황에 따라 그 지역을 버리는 패로 쓸 생각도 갖고 있사옵니다."

국왕이 놀랐다.

"그게 무슨 말이더냐? 버리는 패라니?"

"소자가 바라는 건 태평양의 패권이옵니다. 그 패권을 위해서라면 루이지애나를 버릴 수도 있다는 말씀이옵니다."

이어서 세자의 진정한 목적을 설명했다.

한동안 설명을 들은 국왕이 크게 고개를 끄덕였다.

"절묘한 술책이로구나. 설명만 들어도 가슴이 벅찰 정도야. 십여 년 전이라면 감히 상상도 못 할 일이 너로 인해 큰 꿈을 꿀 수 있게 되었어."

세자가 결의를 다졌다.

"꿈이 반드시 현실이 될 수 있도록 최선을 다해 보겠사옵니다."

국왕도 결의를 다졌다.

"오냐. 한번 해 보자. 최악의 경우가 된다고 해도 우리로서는 손해 볼 게 별로 없다. 아니, 약간의 금전은 잃게 되겠으나 국제적으로 명성을 얻게 될 터이니 오히려 국익에 큰 도움이 될 게다."

세자는 내심 크게 놀랐다.

'대단하구나. 우물 안의 개구리와 같던 아바마마의 생각이 이토록 달라졌어.'

국왕이 너털웃음을 터트렸다.

"허허허! 과인이 이런 말을 하니 이상하냐?"

세자가 급히 몸을 숙였다.

"아니옵니다."

"놀랐을 것이다. 과인 스스로도 이전과 많이 달라졌다는 걸 느끼는데, 세자인들 오죽하겠느냐. 하지만, 나라도 백성도 변하는데 과인도 당연히 변해야 하지 않겠느냐?"

"옳으신 말씀이옵니다."

"함께해 보자. 너는 대외 교역과 확장에 힘을 써라. 과인은 네가 그런 일을 할 수 있도록 내정을 확실히 이끌어 가마. 너와 내가 힘을 합하면 못 할 일이 어디에 있겠느냐."

세자도 적극 동조했다.

"옳은 말씀이옵니다. 지금처럼만 국력을 배가시킨다면 무엇이든 할 수 있을 것이옵니다."

자신감이 충만한 두 부자는 서로를 바라보며 크게 고개를 끄덕였다. 그런 국왕 부자의 눈빛은 더없이 빛났다.

❀

며칠 후.

세자와 오도원이 마주 앉았다. 이 자리에는 몇 사람이 함께했다.

세자가 미안한 표정으로 걱정했다.

"여기서 서양까지 빨라야 넉 달입니다. 그렇게 긴 여정은 처음일 터여서 많이 힘들 거예요."

오도원이 자신만만하게 대답했다.

"성려하지 마십시오. 소인은 그동안 인도와 중동을 정기적으로 오가면서 배를 타는 건 이제 이골이 나 있습니다."

스페인과 협상했던 변수항도 걱정했다.

"서양은 아직 인종차별이 심하다고 하네. 그러니 매사에 조심하시게."

오도원이 환하게 웃었다.

"걱정 말게. 지난 몇 년간 인도 등지에서 내가 만난 서양 상인이 어디 한 둘인가. 그들 중에는 거론하기조차 싫은 자들이 있었다네. 그런 자들도 처음에는 기고만장했지만, 결국 우리의 기술력과 자본력에 하나같이 무릎을 꿇었어."

"그랬다는 말은 들었지만, 이번에는 유럽 본토잖아."

"그래도 충분히 이겨 낼 수 있네. 그리고 화란양행과 동행을 해서 큰 문제는 없을 거야. 더구나 나는 세자 저하의 특사 자격이잖아."

세자가 확인했다.

"인도총독이 발행한 현금 보관증은 챙겼지요?"

"그러하옵니다. 현지에서 사용할 10만 냥의 은화와, 영국의 인도총독이 발행한 현금 보관증도 분명히 챙겼사옵니다."

"오 부대표가 역관도 오래 하고 남방 교역도 오래 해서 경험이 누구보다 많은 건 잘 알아요. 하지만 유럽 본토는 처음이니만큼 어떤 상황이 벌어질지 몰라요. 그러니 매사에 조심하셔야 해요."

"명심하겠사옵니다."

"우리는 아직 프랑스와 정식 수교를 맺지 않았어요. 그래서 나의 특사가 얼마나 예우를 받을지도 모르는 상황이에요. 그럼에도 왜 그대를 유럽에 보내야 하는지 그 이유를 잊지 마세요."

오도원이 맹세했다.

"물론입니다. 어떠한 일이 있더라도 조선 세자의 특사라는 위치를 망각하지 않을 것이옵니다. 그리고 반드시 저하께서 원하는 성과를 얻어서 돌아오겠사옵니다."

"기대할게요. 시몬스도 이번 일의 중대성을 잘 알고 있어서 성심껏 도와줄 거예요. 그러나 최악의 경우도 발생할 수 있음을 잊지 말아요. 만일 그런 일이 발생한다며 모든 걸 포기하더라도 무사히 귀환해야 해요. 아시겠지요?"

오도원이 자신했다.

"그런 일이 발생하지는 않을 겁니다. 프랑스는 자신들이 문명국임을 자부하는 나라입니다. 그런 프랑스이니만큼 특사 신분인 소인을 함부로 대하지는 않을 겁니다."

"그래도 만일이라는 게 있어요. 나는 루이지애나를 포기하더라도 오 부대표를 잃고 싶지 않아요."

오도원은 순간 가슴이 먹먹해졌다.

"알겠사옵니다. 그런 경우가 생긴다면 저하의 말씀대로 하겠사옵니다."

오도원은 말은 이렇게 했다. 그러나 그의 내심은 죽더라도 반드시 임무를 완수하겠다고 다짐했다.

주변 사람들도 다투어 격려했다. 그런 사람들의 표정에는 하나같이 걱정이 깃들어 있었다.

오도원이 호탕하게 웃었다.

"하하하! 왜 이렇게 안색들이 좋지 않습니까? 걱정들 마세요. 저의 방문은 이미 인도의 퐁디셰리 총독이 프랑스 본국에 보고를 해 놓았을 거예요. 절대 홀대를 받지 않을 겁니다."

떠나는 사람보다 보내는 사람들이 더 걱정을 많이 했다. 그 바람에 오도원은 그들을 일일이 다독이며 안심을 시켜야 했다.

이후 세자와 오도원은 한동안 깊은 대화를 주고받았다. 그 대화에 주변 사람들도 적극 의견을 내며 참여했다.

대화를 마친 오도원은 동행자와 함께 세자에게 작별 인사를 건넸다. 그러고는 마포로 넘어가 배를 타고 미법도의 화란양행 상관으로 넘어갔다.

이틀 후.

오도원이 화란양행 상선을 타고 장도에 올랐다. 시몬스가 동행한 이 여정은 조선의 외교관으로선 최초의 유럽행이었다.

또 하나의 계획이 실현되는 시작이었다.

청국 특사

3월이 되었다.

세자가 국왕과 함께 여의도를 방문했다. 육군무관학교 입교식에 참석하기 위해서였다.

군역 제도가 개편되면 징병이 실시된다.

징병이 실시되면 수십만 명이 한꺼번에 입대하게 된다. 그러면 무관의 수요가 폭증한다. 세자는 이런 수요에 대비해 무관을 대폭 확충해 왔다.

서얼도 평민도 무과에 응시할 수 있었다. 그런데 무과에 합격한다고 해서 끝이 아니다. 명문가 출신이라도 서얼과 평민은 이런저런 이유로 등용되지 않는 경우가 허다했다.

세자는 우선 이런 인력부터 대거 충원했다. 그러고는 반년

동안 철저한 훈련을 시켜 기준에 미달하는 사람을 걸러냈다.

이는 기존의 무관들도 마찬가지여서 상당수 무관이 옷을 벗어야 했다. 다행히 탈락하는 무관보다 훨씬 많은 무관이 새롭게 임관했다.

준무관도 대거 확충했다.

조선군은 준무관이란 직제 자체가 없었다. 그러나 군을 유지하려면 준무관이 반드시 필요했다.

훈련도감과 장용영 출신들을 적극 활용했다. 준무관학교를 개설해 간부가 되도록 적극 유도했다.

어차피 장기복무 중인 병력이었다.

그런 상황에서 중간 간부가 되는 걸 반대하는 사람은 없었다. 그래서 모든 병력이 자원했고, 그 결과 대부분이 준무관으로 임관했다.

육군무관학교도 한시적으로 정원을 1천 명으로 대폭 증원했다. 그렇게 증원된 생도들의 첫 번째 입학식이 오늘이었다.

"전체 차렷! 국왕 전하께 대하여 받들어총!"

"충! 성!"

연병장에 도열한 생도들의 절도 있는 모습에 국왕이 흐뭇해하며 답례했다. 이어서 국왕의 훈시가 이어졌고 열병도 진행되었다.

입학식 행사를 마친 국왕과 세자가 교장실로 안내되었다. 육군무관학교 교장은 충무공 이순신의 후예인 이한풍(李漢豊)

이었다.

수군무관학교 교장도 같은 충무공의 후예인 이인수(李仁秀)가 맡고 있었다. 그는 삼도수군통제사를 역임하면서 대양함대 창설에 큰 공을 세웠다.

두 사람은 나이가 많아 이한풍은 70이었으며, 이인수는 60대 중반이었다. 이런 노장을 무관학교 교장에 선임한 이유는 상징적인 의미 때문이다.

국왕은 충무공 이순신을 영웅으로 존경했다.

그래서 의정부 영의정으로 가증(加贈)했으며, 신도비 제문도 직접 지었다. 그러고는 흩어져 있었던 유고를 모아 전집도 발간했었다.

국왕은 무관학교 생도들이 충무공과 같은 구국의 영웅으로 성장하기를 바랐다. 그래서 충무공의 후예 두 사람을 교장에 선임하며 그런 바람이 이뤄지기를 기원하고 있었다.

무관학교 교장실은 의외로 검박했다.

국왕이 그 점을 지적했다.

"교장실이 너무 단조롭소이다."

이한풍이 웃으며 설명했다.

"장수의 집무실에 치장이 무슨 필요가 있겠사옵니까? 그저 업무를 보는데 불편하지 않으면 되지요."

"허허! 그래도 그렇지. 장식이 너무 없어서 삭막하기까지 하오이다."

이한풍이 주변을 가리켰다.

"그래도 필요한 건 다 있사옵니다. 전하께서 하사하신 보검이 걸려 있고, 충무공전서도 한 질 있사옵니다. 그리고 세자 저하께서 저술하신 각종 교범도 비치되어 있고요."

그의 설명대로 벽면 한쪽에는 장군도가 걸려 있었다. 그리고 다른 벽면에는 책장이 놓여 있었으며, 거기에는 많은 책이 꽂혀 있었다.

"그렇구려. 이번에 입교한 생도들이 500이나 되는데, 교육하는 데 문제는 없소?"

이한풍이 자신 있게 대답했다.

"신입생도 절반이 교육을 받은 경험이 있는 준무관입니다. 그들이 다른 생도들을 잘 이끌어 주고 있어서, 오히려 이전보다 문제가 없사옵니다."

국왕이 흡족해했다.

"그렇다면 다행이오. 수군무관학교와는 교류를 많이 하는 편이오?"

"그렇사옵니다."

이한풍이 세자를 바라봤다.

"신이 부임할 때 세자 저하께서 수군과의 교류에 힘쓰라는 당부를 하신 적이 있었사옵니다. 그 이후로 우리 육군무관학교는 주기적으로 수군과 교류도 하고 합동훈련도 실시하는 중입니다."

세자가 인사를 했다.

"제 말을 잊지 않고 실행해 주셔서 고맙습니다."

"아니옵니다. 대업을 완수하기 위해서는 양군의 협력이 무엇보다 중요하옵니다. 그런 사실을 신도 잘 알고 있고 수군학교 교장도 잘 알고 있사옵니다."

"수군학교 교장이 조카뻘 되시죠?"

"그렇사옵니다. 항렬로 신의 조카이옵니다. 그래서 양군의 교류가 더 쉽게 이뤄지는 편이옵니다."

국왕이 나섰다.

"충무공은 구국의 영웅이오. 왜란 당시 충무공이 없었다면 우리 조선은⋯⋯."

국왕이 말을 끝내지 못했다. 그런 국왕의 뒷말이 무엇인지 모르는 사람은 아무도 없었다.

이한풍이 바람을 드러냈다.

"언젠가 우리의 국력이 갖춰지면 그때의 치욕을 반드시 설욕하고 싶사옵니다. 소장도 그렇지만 교수들도 그 점에 대해 생도들에게 수시로 정신교육을 하고 있사옵니다. 수군도 마찬가지이고요."

세자가 놀랐다.

"일본에 대한 설욕을 정신교육에 포함하고 있다고요?"

"그렇사옵니다."

"지금 우리는 역량을 집중해 대업을 완수해야 합니다. 아

직 앞선 과업조차도 시작하지 않은 상태에서 일본에 대한 설
욕을 교육하시다니요. 아쉽지만 일본은 시기상조입니다."

이한풍이 고개를 저었다.

"절대 그렇지 않사옵니다. 대업을 완수하기 위해서는 엄
청난 병력을 양성해야 하옵니다. 그러기 위해서 내년에 군역
을 개편하려는 게 아니옵니까?"

"그건 그렇습니다."

"저하! 생각해 보십시오. 그렇게 양성한 병력이 대업을 치
르고 나면 얼마나 정예 강군이 되겠사옵니까? 그런 강군을
그대로 사장시키는 것은 너무도 아까운 일이옵니다."

조금도 틀린 말이 아니다.

아니, 이한풍이 정확한 지적을 했다. 세자도 북벌 이후를
생각하면서 일본을 심각하게 고민했었다.

그런데 문제가 있었다.

'나도 일본 공략을 생각은 했었다. 허나 연이어 전쟁을 치
러낼 백성들이 걱정되어 거론조차 못 했다. 그런데 군에서
신망을 받고 있는 이 장군이 먼저 말을 꺼낼 줄 몰랐네.'

이러면서 일본과 북미에 대한 생각으로 머릿속이 잠시 복
잡해졌다.

세자가 잠시 생각에 잠기자 국왕이 나섰다.

"이 장군은 대업 이후를 생각했구려."

"그렇사옵니다. 병력은 양성도 힘들지만, 경험을 쌓게 하

는 건 더 어렵습니다. 대업이 끝나면 그때부터 대륙은 수성에 들어가게 됩니다. 그렇게 되면 그동안 양성한 병력이 너무도 아깝다는 생각이 들었사옵니다."

"수성에도 유능한 장수와 병력이 필요하오."

"그렇기는 하옵니다. 그러나 군사 무기만 좋다면 수성에는 신병도 큰 역할을 담당할 수 있사옵니다. 병력이 훨씬 적어도 되고요."

국왕이 바로 동조했다.

"맞아. 수성은 적은 병력으로도 가능은 하지."

이한풍이 열정을 다해 국왕을 설득했다.

"전하. 정예 강군으로 성장한 병력을 적극 활용해야 하지 않겠사옵니까? 그러기 위해서는 일본은 더없이 좋은 상대이옵니다."

국왕의 문제를 지적했다.

"이 장군의 말이 일리는 있소. 허나 대업을 달성하고 나면 장병들의 피로감은 극에 달할 것이오. 그런 병력을 다시 거병하는 건 큰 문제요."

이한풍의 생각은 달랐다.

"결코 그렇지 않사옵니다. 군은 사기를 먹고사는 집단입니다. 그런 군에게 복수만큼 확실한 전력증강 요소는 없사옵니다."

이 말에 국왕도 동의했다.

"그 말은 맞소. 우리가 지금 준비하는 대업도 넓게 보면 복수의 일환이니 말이오."

"그러하옵니다. 과거 일본도 열도를 통일한 여력을 몰아 우리를 침략했사옵니다. 우리라고 해서 그런 일을 못 해낼 리는 만무하옵니다. 그리고 우리에게는 그들에게 없는 신무기가 있사옵니다."

모두의 시선이 세자에게로 쏠렸다.

세자가 급히 생각을 정리하며 대답했다.

"아바마마께 보고를 드렸지만, 소총과 대포는 이미 개발에 성공했사옵니다. 그래서 지금은 박격포와 포탄 개발을 하고 있사옵니다."

이미 알려진 사실이었다. 그럼에도 세자의 설명에 곳곳에서 탄성이 터졌다.

이한풍의 목소리에 힘이 들어갔다.

"보시옵소서. 저하의 말씀대로 우리에게는 세상에 없는 신무기가 있사옵니다. 소장이 대포는 아직 확인을 못 하였습니다. 허나 소총 시연을 보고 얼마나 놀랐는지 모르옵니다."

이한풍이 후장 소총의 장점에 대해 한참을 설명했다. 70 노장이 열정을 갖고 하는 설명에 모두들 몇 번이고 고개를 끄덕였다.

"……소총이 이 정도 위력인데 포가를 갖춘 대포는 더 말해 무엇하겠사옵니까? 그런데 저하."

개혁군주

"예, 말씀하세요."

"박격포는 무엇이옵니까?"

"완구(碗口)를 개량한 보병용 대포입니다."

세자가 박격포의 제원과 용도에 대해 상세히 설명했다.

이한풍이 그 설명에 격하게 반응했다.

"아아! 놀랍습니다. 그 정도 위력이라면 야전은 물론이고 공성전에서도 최고의 위력을 발휘하겠사옵니다."

"맞아요. 박격포는 가벼워서 공성전은 물론 야전에서 큰 효과를 볼 거예요."

이한풍이 국왕에게 진언했다.

"전하! 일본은 300여 개의 영주가 열도를 나눠서 통치합니다. 그런 영주의 성은 적의 침입을 방지하기 위해, 높고 가파르게 지어져 있다고 합니다. 그런 왜성을 박격포로 공략한다면 단번에 함락시킬 수 있겠사옵니다."

세자도 생각지 않은 부분이었다. 그러나 전생에서 일본을 다녀온 경험을 떠올리면서 즉각 동조했다.

"맞는 말씀이네요. 일본의 성을 병력으로만 공략하려면 상당한 인명 피해를 각오해야 합니다. 하지만 곡사화기인 박격포로 집중 타격한다면 큰 피해를 입히면서 쉽게 공략할 수 있을 것이옵니다."

국왕이 너털웃음을 터트렸다.

"허허허. 그만, 그만하자. 이 장군의 생각은 잘 알아들었으니, 그 문제는 시간을 갖고 연구해 보도록 하자."

국왕이 안 된다는 말을 하지 않았다.

그런 국왕의 태도에 이한풍이 환한 표정으로 몸을 숙였다.

"황공하옵니다. 늙은 장수가 전하의 심기를 공연히 어지럽힌 것 같아 몸 둘 바를 모르겠사옵니다."

"하하하! 별말을 다 하시오. 우리 조선 백성의 심중에 왜란에 대한 분노를 품고 있지 않은 사람은 없소이다. 과인도, 우리 세자도 마찬가지이지요. 허나 아직 대업에 대한 준비도 갖추기 전이니만큼 그 문제는 신중한 접근이 필요하오이다."

"우리 군의 모든 장병은 오로지 전하의 명만을 따를 것이옵니다. 언제라도 결심이 서시면 주저하지 마시고 명령을 내려 주시옵소서."

늙은 무장이 충정을 보였다.

국왕은 감동한 표정으로 크게 고개를 끄덕였다.

"고맙소이다. 과인은 경의 충정을 절대 잊지 않을 것이오."

"황감하옵니다."

세자는 두 사람의 모습을 보며 가슴이 훈훈해졌다.

조선의 장수가 자신만만하게 외국을 정벌하겠다고 나선 적은 한 번도 없었다. 그런데 70의 노장이 자청하고 나섰다. 이런 장면이 생경하게 보이지 않을 정도로 조선군은 변화하고 있었다.

그런 변화는 또 있었다.

개혁군주

국왕과 이한풍의 격한 대화가 끝나고 한담이 오갔다. 그러는 동안 세자는 탁자에 놓인 신입생도들의 인적 사항을 살폈다.

그러다 의외의 이름에 놀랐다.

"이 사람도 입교했네요?"

대화를 나누던 국왕이 고개를 돌렸다.

"아는 이름이라도 있는 게냐?"

세자가 확인한 이름은 홍경래(洪景來)였다.

홍경래는 평안도 용강 출신이다.

그는 본래 과거에 낙방하고는 더 이상 과거에 연연하지 않고 각지를 전전했었다. 그러다 우군칙이란 모사를 만나 거사를 모의하게 된다.

그러던 1811년 지역 차별과 세도정치 타도를 앞세워 반란을 일으켰었다. 그의 반란은 몇 달 만에 제압되었지만, 조선 후기 민란의 시작으로 아주 중요한 역사적 의의를 갖고 있었다.

그런 그가 생도로 입교를 한 것이다.

세자가 급히 말을 돌렸다.

"평안도 출신의 생도가 앞에 있어서요."

이한풍이 설명했다.

"그동안 우리는 평안도와 함경도 인재들을 소홀히 대해 왔습니다. 그러나 대업을 위해서는 이런 방식의 인재 선발은 지양되어야 할 일이었습니다. 다행히 무관학교가 개교하면서 전하께서 윤음을 반포하셨습니다. 국가 발전을 위해 차별을 두지 말고 두 지역 인재들을 적극 발굴하라고요. 그래서 우리 육군은 수군과 협의해 두 지역의 인재 선발에 적극 나서고 있사옵니다."

국왕이 크게 칭찬했다.

"아주 잘했소이다. 대업을 위해서라도 관서 관북 인재를 적극 등용하는 게 맞소. 그런데 이번에 입교한 두 지역의 인재는 얼마나 되오?"

"백여 명에 이릅니다."

국왕이 놀랐다.

"숫자가 생각보다 많소이다."

"그러하옵니다. 관서 관북은 본래부터 용맹하옵니다. 그래서 무재가 출중한 인재도 많습니다. 그런 인재들이 이번 기수에 그동안 소외되어 온 사실을 만화라도 하려는 듯 대거 지원했고 그 결과가 이렇사옵니다."

세자가 슬쩍 거들었다.

"입교 성적도 관서 관북 출신이 좋네요."

"그렇사옵니다. 이론도 그렇지만 실기는 타 지역 출신의 추종을 불허할 정도이옵니다."

국왕이 정리했다.

"앞으로도 지역을 가리지 말고 선발하시오. 서얼 차별이 없어지고 노비까지 해방되었소. 이런 마당에 지역 차별은 당연히 없어져야 할 악습이요."

이한풍의 허리가 더없이 부드럽게 접혔다.

"명심하겠사옵니다."

세자는 홍경래를 직접 만나 보고 싶었다. 그러나 국왕과 함께 온 자리이고 입학 초기여서 그런 생각을 꾹 누르고 생도 인적 명부를 덮었다.

이한풍이 그걸 보고 권했다.

"왜, 더 보시지 않고요?"

세자가 고개를 저었다.

"아니에요. 오늘은 아바마마를 모시고 왔으니 다음에 들러서 차분히 살펴볼게요."

"그렇게 하십시오."

국왕이 방문 소감을 밝혔다.

"오늘 과인은 조선의 미래를 본 것 같아 너무도 기분이 좋소이다. 충무공의 후손답게 국가의 동량을 잘 육성하고 있어서 더 고맙소이다. 과인은 지금도 그렇지만 앞으로도 이 교장과 육군무관학교의 무운을 기원하겠소."

군인으로서 최고의 찬사를 받았다.

이한풍이 정색을 하고서 자리에서 벌떡 일어났다. 그러고는 절절한 목소리로 다짐했다.

"신과 우리 육군무관학교의 모든 구성원은 언제까지라도 주상 전하와 왕실에 충성을 다할 것이옵니다."

"고맙소이다."

단 한 마디의 대답이었다.

그러나 때로는 한 마디가 백 마디보다 더 울림이 많기도 하다. 지금이 바로 그렇다.

국왕의 대답에 이한풍의 얼굴이 붉어지며 눈도 붉어졌다.

국왕은 그렇게 한 명의 노장에게 무한 신뢰를 보내고는 환궁했다.

국왕과 함께 돌아오는 길에 세자는 만감이 교차했다.

'홍경래가 무관학교에 입교해 생도가 될 줄은 몰랐네. 내가 와서 많은 부분이 바뀌었지만, 오늘처럼 극적인 경우는 없었어.'

역모의 수괴가 될 사람이었다. 그런 사람이 육군무관학교에 당당히 입교해 나라의 인재가 되었다.

세자가 본 가장 큰 반전이었다.

'적당한 시기를 봐서 다복동으로 요원을 보내려고 했는데, 그럴 필요가 없어졌네. 그런데 홍경래와 의기투합했었던 사람들은 어떻게 되었을까?'

홍경래의난은 민란이었다. 그래서 이전까지 발생했던 역모와는 전혀 궤를 달리했다.

'홍경래의난은 조선 민란의 시작이었다. 더구나 향반과 상인들까지 가세하며 그 규모가 상당했었어. 그래서 이후 발생했던 농민 봉기에 큰 영향을 주었었다. 그런 민란의 발생 가능성이 없어졌다는 건 더없이 고무적이다.'

개혁군주

그러나 분명한 게 좋았다.

"이 좌익위."

가마와 보조를 맞추던 이원수가 다가왔다.

"예, 저하."

"비원 요원을 평안도 용강으로 보내서, 홍경래의 주변을 탐문해 보세요."

이원수가 궁금해했다.

"홍경래가 누구입니까?"

"이번에 무관학교에 입교한 생도예요. 그리고 그 주변에 다복동이란 동네가 있을 거예요. 그 지역도 사정이 어떤지 탐문해 보고요."

"알겠습니다."

"아! 그리고 몇 사람도 더 알아보세요."

이원수가 급히 연필을 꺼냈다.

"말씀하십시오."

"우군칙과 그의 제자인 김사용, 그리고 홍 총각이란 자와 호족인 이희저예요."

이원수가 급히 인명을 적고서 대답했다.

"전부 같은 지역 사람들입니까?"

"아닐 거예요. 허나 지역을 많이 벗어나지는 않을 거예요. 그리고 기왕이면 지역 민심도 세심히 살펴보라 하세요."

"알겠습니다."

이원수가 비원 요원을 불렀다.

그리고 바로 세자의 지시 사항을 전달했다. 지시를 받은 요원은 자연스럽게 대열에서 이탈해 군중 속으로 스며들었다.

❀

그리고 몇 개월이 흘렀다.

세자는 정신없는 시간을 보내야 했다. 개혁에 가장 중요한 노비 해방이 진행되고 있어서 모든 신경을 여기에 쏟았다.

크고 작은 사건 사고가 무수히 나왔다.

그럼에도 모두의 노력으로 크게 번지지 않고 전부 정리가 잘되었다. 군이 주도하고 검경이 적극 대처한 덕분이었다.

노비 해방을 반대하는 사람도 상당했다. 지방으로 갈수록 향반들의 노골적인 반대도 많았다.

그러나 그보다 개혁을 지지하는 사람들이 훨씬 더 많았다. 이런 대세의 흐름 덕분에 반년이 지나면서 차츰 안정을 찾아갔다.

여름이 막 접어드는 유월 하순.

세자는 비원의 보고를 받고 있었다.

"홍경래가 몰락 양반 출신이 확실하다는 거로군요."

"그러하옵니다. 고향에서는 급제를 기대할 정도의 유생이었

개혁군주

다고 합니다. 무예도 나름대로 출중했고요. 그러다 과거에 낙
방하고 좌절하긴 했지만, 무관이 된 것은 의외라고 하더군요."

"본래는 문관이 되려 했었던 거로군요."

"그렇사옵니다. 그리고 저하께서 말씀하신 다복동은 용강
이 아닌 박천군에 있었사옵니다."

"아! 지역이 달랐군요."

"예. 요원들이 현장을 찾아가 보니 병사들을 조련하기 좋
은 조건을 갖추고 있다고 하옵니다. 그래서 지역에 주둔하고
있는 기병 부대에 상황을 알려 주어 활용하도록 조치했다고
했사옵니다."

"잘했네요. 그러면 내가 찾아보라는 사람들은 어떻게 되
었지요?"

이원수가 보고서를 넘기며 설명했다.

"우군칙은 점을 보며 허드렛일을 하며 살고 있었습니다.
그리고 이희저는 가산현의 역속(驛屬)이지만 상당한 재산을
가진 부호입니다. 그런데 노비 해방을 적극 지지하면서, 노
비를 풀어 주면서 상당한 재산까지 떼어 줬다고 합니다. 그
바람에 인근에 칭송이 자자하고요."

"놀랍네요. 해방된 노비에게 재산까지 떼어 주다니요. 비
록 역속이지만 나름대로 선각자로군요."

"그렇사옵니다. 그리고 다른 사람들은 상황이 파악되지
않았사옵니다."

"되었어요. 그 정도면 충분하니 더 조사하지 않아도 돼요."

"알겠습니다. 그런데 이번에 청국에서 특사를 파견한다고 하는데, 말씀을 들으셨는지요?"

세자로서는 처음 듣는 말이었다.

"청국이 특사를 갑자기 왜요?"

"그러게 말입니다. 청국에서 특사를 파견하는 경우는 거의 없었는데 왠지 느낌이 좋지 않사옵니다."

"으음!"

세자가 벌떡 일어났다.

"아바마마를 뵈어야겠네요. 김 내관은 빨리 기별을 넣도록 해."

"예, 저하."

잠시 후.

세자가 편전에서 국왕을 뵈었다. 편전에는 특사 문제를 상의하러 중신 몇이 들어와 있었다.

"아바마마, 청국에서 특사를 파견하겠다는 말을 들었사옵니다. 어떻게 된 일인지요."

국왕의 표정이 굳어졌다.

"의주부윤이 파발로 급보를 보내왔다. 보름 후, 청국의 특사가 압록강을 넘는다고 성경장군이 통보해 왔다는구나."

"통보라고요?"

세자의 반문에 국왕이 씁쓸해했다.

"성경장군은 청국 최고의 무장이다. 지금은 비록 종1품이지만, 배도를 통치할뿐더러 성경 조정을 관장하기도 한다. 그런 지위이다 보니 본국에 일방적으로 통보를 하는구나."

"청국을 상국으로 모시지만, 본국은 엄연한 자주국입니다. 그런 우리 조선의 국정을 무시하고 일방적으로 통보를 하다니요."

국왕의 입에서 한숨이 터졌다.

"후! 그게 우리 조선이 지금까지 처한 현실이다."

세자는 국왕의 심기가 흐려질 것을 우려해 얼른 주제를 바꿨다.

"청국 특사는 몇 년 전 건륭제의 붕어와 가경제의 등극 때를 제외하곤 없었사옵니다. 그런 청국이 무슨 이유로 특사를 보내려고 하는지요?"

국왕도 난감해했다.

"성경장군도 거기에 대해 별다른 말이 없었다. 그래서 과인도 조정도 이유를 알 수 없어 답답하구나."

세자도 찜찜했다.

"선자불래(善者不來) 내자불선(來者不善)이라는 말도 있사옵니다. 아무래도 청국이 좋은 뜻으로 특사를 보내지는 않았을 거 같사옵니다."

국왕도 동조했다.

"과인도 그런 생각이다. 그래서 몇 가지 경우를 생각해 봤는데, 그중 하나가 네가 관장하는 상무사다."

"상무사는 청국에서 정식으로 승인한 교역을 하고 있사옵니다. 세금도 철저하게 납부하고 있을뿐더러, 거래도 금으로 받은 지 몇 년 되었고요."

국왕이 고개를 저었다.

"아무리 그렇다고 해도 거래량이 너무 많은 게 문제다. 광주도 그렇지만 연경에서 공식적으로 거래되는 무역량이 해마다 증가하고 있지 않느냐?"

세자는 문득 전생의 미국을 떠올렸다.

'맞아. 국제 관계에서는 힘 있는 놈이 장땡이다. 미국도 불리하면 슈퍼 301조를 들먹이며 상대를 억압했어. 잘나가던 일본도 플라자 합의로 환율을 강제 절상하면서 잃어버린 20년을 겪어야 했다. 지금의 조선은 청국을 상국으로 예우하고 있으니 그때보다 더 나쁜 상황이 될 수가 있겠어.'

이런 생각에 갑자기 가슴이 답답해졌다.

"하아! 걸고 넘어가면 문제가 되겠네요."

국왕도 한숨을 내쉬었다.

"후우! 요즘 청국의 내부 사정이 최악이다. 그나마 해관에서 거둬들이는 세금으로 전비를 충당하고 있겠지만, 쉽지 않을 거야."

"청국이 우리에게 전비를 부담시킬 수 있다는 말씀이군요."

"그럴 가능성이 없지 않다."

세자가 강하게 반발했다.

"있을 수 없는 일이옵니다. 자신들의 국력이 쇠약해서 내란을 수습 못 하고 있는데, 그 부담을 우리에게 전가하다니요."

영의정 이병모도 착잡해했다.

"이치에 맞지 않다는 걸 누가 모르겠습니까? 허나 청국 특사가 그런 요구를 하면 무조건 거부할 수 없는 게 우리의 처지이옵니다."

곳곳에서 한숨이 터져 나왔다. 국왕도 답답한 듯 연신 한숨을 내쉬었다.

좌의정 이시수가 다른 의견을 냈다.

"신은 본국이 추진하는 개혁 정책을 트집 잡을 가능성이 있다고 생각되옵니다."

세자가 질문했다.

"좌상께서는 왜 그런 생각을 하시는지요?"

"청국은 만주 시절부터 우리나라의 저력을 경계해 왔습니다. 그래서 심양에 늘 수만 명의 팔기를 주둔시켜 왔고요. 그런 청국의 감시로 인해 선대는 감히 북벌을 추진조차 못 해왔었습니다. 그러던 우리가 지난 몇 년 동안 개혁을 급격히 추진하고 있사옵니다. 이런 우리를 청국 조정이 당연히 경계하지 않겠사옵니까?"

중신들의 안색이 침중해졌다.

국왕도 상황의 문제점을 파악했다.

"만주가 무주공산이 될 즈음 본국이 개혁을 시작한 꼴이 되었다. 그런 사정을 물고 넘어갈 수도 있겠지."

"그렇사옵니다. 시점이 너무도 절묘하게 맞아떨어졌사옵니다. 그게 저들을 자극했을 수도 있사옵니다."

세자는 난감했다.

세자는 청국의 사정에 맞춰서 개혁을 추진해 왔었다. 그래서 만주가 비워졌을 때를 맞춰 개혁을 본격적으로 시작했었다. 이런 사정을 잘 모르는 이시수의 지적에 세자는 모른 척 넘겨야 했다.

우의정 서용보가 제안했다.

"우리가 추진하는 개혁 정책이 청국의 불안 심리를 자극했을 수도 있사옵니다. 그렇다고 개혁을 되돌릴 수는 없습니다. 교역을 줄일 수도 없고요. 그러니 지금은 작은 문제가 아닌 전체 상황을 보며 대응책을 마련해야 할 것이옵니다."

국왕도 동의했다.

"우상의 지적이 정확하다. 문제는 하나가 아니라 전부가 맞다. 청국은 우리 조선이 잘 되는 걸 절대 바라지 않는다. 그저 죽으라면 죽는시늉이라도 하는 속국이기를 바랄 뿐이야. 그런 저들에게 본국의 발전이 위협으로 느껴졌을 거다."

국왕의 시선이 서늘해졌다.

"그러나 청국이 아무리 압박한다고 해도 절대 개혁을 중단

할 수는 없다. 그러니 중신들은 저들의 압박을 어떻게 하면 무난히 넘길 수 있는지 중지를 모으도록 하라."

중신들이 동시에 고개를 숙였다.

"명심하겠사옵니다."

중신들은 곧바로 비변사로 넘어갔다.

세자도 편전을 나와서는 상무사로 넘어갔다. 거기서 측근들과 한동안 대책 마련에 부심했다.

그러다 저녁이 되어 동궁으로 넘어왔다. 세자가 중희당으로 들어서니 세자빈이 반갑게 맞았다.

"저하, 다녀오셨사옵니까?"

세자빈은 세자보다 두 살이 많은 열여섯이다. 그런 그녀는 현모양처의 전형이라고 할 정도로 성품이 조용하며 순종적이었다.

세자가 환하게 웃었다.

"세자빈께서 기다리고 계셨네요."

"예. 저녁이 되어서 저하께서 돌아오시기를 기다리고 있었사옵니다."

세자빈의 말에 가슴이 뭉클했다.

세자는 국왕과 왕비, 생모인 수빈 박씨가 자신을 얼마나 위하는지 잘 안다. 그래서 하늘이 맺어 준 인연으로 생각하며 더없이 공경은 하지만, 온전히 가족이라는 생각이 들지는 않았다.

그래서인지 늘 가슴 한구석이 허전했었다. 그러다 전생이 떠오르면 두고 온 가족이 미칠 듯이 보고 싶어질 때가 많았다. 그래서 더 일에 몰두했었는지 모른다.

그런데 세자빈이 들어오면서 달라졌다.

간택으로 부부의 연을 맺었지만, 처음으로 온전히 가족이라고 부를 사람이 생겼다. 그것도 자신을 지극으로 따르고 섬기는 여인이어서 더 좋았다.

세자가 웃으며 권했다.

"어서 앉으세요."

"예, 저하."

세자빈이 조심하며 앉았다.

"세자빈께서는 오늘은 무엇을 하고 지내셨어요?"

세자빈의 얼굴이 붉어졌다. 세자의 질문하는 태도가 너무도 다정했기 때문이다.

세자가 깜짝 놀랐다.

"아니, 어디 불편하신 거예요?"

세자빈이 급히 고개를 저었다.

"아니어요. 저하께서 갑작스럽게 질문하셔서 잠깐 놀랐을 뿐이에요."

"천천히 여쭤볼 걸 잘못했네요."

"괜찮사옵니다."

세자빈이 차분히 설명했다.

"음! 오늘은 여사서(女四書)에서 여계(女戒) 언해를 읽었어요. 그리고 궁중의 법도 중에서……."

세자는 웃으며 연신 고개를 끄덕였다.

세자빈은 세자가 관심을 보이자 재잘대며 하루 일과를 설명했다. 그렇게 세자빈의 설명이 한동안 이어졌으며, 세자는 끝까지 경청해 주었다.

설명이 끝나자 세자가 치하했다.

"오늘도 수고하셨네요. 이제는 궐내 생활이 어렵지는 않지요?"

세자빈이 어색하게 웃었다.

"어렵지는 않지만 아직은 모든 게 조심스럽사옵니다."

"그러실 거예요. 입궐하신 지 1년이 지나지 않았으니 아직은 편하지 않을 거예요. 하지만 잘 이겨내셔야 해요. 세자빈께서는 장차 이 나라의 국모가 되어서 내명부를 관장하셔야 할 분이에요. 그러니 위로 어른들을 잘 모시고 아래로 여관과 내관들을 자애롭게 다스리세요. 물론 잘못이 있을 때는 엄히 다스려야 하고요."

세자빈이 고개를 숙였다.

"명심하겠사옵니다."

이때, 김 내관이 몸을 숙였다.

"저하, 수라간에서 전언이옵니다. 대조전에 저녁 수라가 올랐다고 하옵니다. 어떻게 바로 수라를 들여올까요?"

세자가 세자빈을 바라봤다.

"빈궁. 지금 저녁을 드셔도 되겠어요?"

"신첩은 좋사옵니다."

세자가 지시했다.

"세자빈께서 드신다고 하니 수라를 올리도록 해."

"예, 저하."

이윽고 저녁상이 들어왔다.

그런 저녁상에 놀라운 부분이 있었다. 세자와 세자빈의 저녁이 겸상으로 들어온 것이다.

조선은 남녀의 유별이 엄격했다.

이런 엄격함은 부부가 한 방에 있어도 따로 독상을 받을 정도였다. 그러나 세자는 혼사를 올린 다음 바로 겸상을 하도록 조치했다.

이 조치에 궐내가 한때 술렁였다.

지금까지 누구도 겸상을 한 적이 없었다. 그래서 아무리 세자라 해도 법도에 어긋난다며 웃전의 꾸지람을 들을 수도 있었다.

그러나 국왕이 호탕하게 웃으며 세자의 돌출 행동을 윤허해 주었다. 그러면서 부부유별이라 해도 독상이 꼭 필요는 없다는 유권해석까지 해 주었다.

세자는 이 일로 국왕에게 따로 고마움을 표시하였다. 이때부터 세자와 세자빈은 늘 겸상으로 식사를 했다.

개혁군주

세자빈은 겸상이 당황스러웠다.

사가에서조차 겸상을 해 본 적이 없었다. 그래서 처음에는 세자와 같은 상에서 밥을 먹는 자체가 어색하고 불편하기까지 했다.

그러나 시간이 지나며 달라졌다.

세자는 식사를 하며 여러 이야기를 해 주었다. 더러 농담도 해 주며 세자빈의 긴장을 풀어 주었다.

이렇게 되자 겸상은 자연스러워졌다. 그래서 이제는 세자빈도 식사를 하며 도란도란 이야기꽃을 피울 정도가 되었다.

저녁을 마치고 두 사람이 움직였다. 왕대비를 비롯해 웃전에 저녁 문안을 드리기 위해서였다.

"갑시다, 빈궁."

"예, 저하."

세자가 세자빈의 손을 잡았다.

이런 세자의 행동에 세자빈이 화들짝 놀랐다. 세자가 자주 하는 행동이었지만 그때마다 놀랍고 부끄러웠다.

"저하! 보는 눈이 많사옵니다."

"보면 어때서요. 부부가 손을 잡는 게 뭐가 흉이 된다고 그러세요."

세자빈이 어쩔 줄 몰라 했다.

"아니, 그래도 대궐에 보는 눈이 많은데⋯⋯."

세자가 다독였다.

"괜찮아요. 우리의 모습을 부러워하지, 누구도 뭐라 하지 않아요. 빈궁은 앞으로 나만 믿고 살아야 하는데, 내가 그런 빈궁의 손을 잡고 가는 건 당연한 거예요. 그러나 아무 말씀 마세요."

이러면서 세자빈의 손을 더 굳게 잡았다. 세자빈은 어쩔 줄 몰라 하면서도 손을 놓지 않았다.

세자는 그녀의 마음을 읽으며 소리쳤다.

"자! 왕대비 마마께 먼저 가요."

"예, 마마……."

세자빈은 부끄러워하고 어색해하면서도 손을 놓지 않고 따라 걸었다. 그런 그녀의 얼굴에는 더없이 밝은 미소가 걸려 있었다.

이런 세자 부부의 모습에 주변 사람의 얼굴에는 하나같이 미소가 지어졌다. 그리고 세자 부부가 지나가는 길에서 만나는 모든 사람도 전부 미소를 지으며 길을 비켜섰다.

어색해하던 세자빈도 이내 익숙해진 듯 편하게 걸었다. 그렇게 마주 잡은 두 사람의 손은 문안 인사가 이어지는 내내 떨어지지 않았다.

개혁군주

절묘한 해결책

　조선 조정은 영접도감(迎接都監)을 세웠다.

　영접도감은 청국 특사를 맞이하기 위한 임시 기관이었다. 그리고 우의정 서용보를 도제조로 삼아 영접 업무를 전담시켰다.

　원접사(遠接使)로는 예조판서 이만수가 선임되었다. 원접사가 된 이만수가 문례관(問禮官)을 대동하고 의주로 올라갔다.

　원접사는 특사를 맞는 역할을 한다. 문례관은 당하관으로 사신의 접대와 의례 절차를 논의하고 조정하는 역할을 한다.

　조선으로선 이처럼 청국 사신을 맞기 위해 최고의 준비를 갖추었다.

　원접사가 의주로 올라간 날, 세자는 유생들과 함께 이 문제를 논의했다.

"오늘 예판께서 청국 특사를 맞으러 의주로 떠났다. 그래서 그에 대한 토의를 하기 위해 여러분을 불렀다. 그러니 지금부터 기탄없이 의견을 개진해 주었으면 좋겠다."

정원용이 일어났다.

정원용은 이번에 실시된 과거에 권돈인과 함께 합격했다. 두 사람은 국왕의 배려로 세자시강원의 가설서(假設書)로 임명되었다.

본래는 권돈인의 학문이 조금 부족했었다.

그럼에도 함께 등과할 수 있었던 까닭은 경쟁심 덕분이었다. 그만큼 이십여 명 유생들은 나이를 떠난 친구이면서 선의의 경쟁자였다.

"먼저 특사의 상황부터 설명하겠습니다. 이번에 오는 청국 특사는 산질대신(散秩大臣)이자 양남기(鑲藍旗) 부도통(副都統)인 갈이산(噶爾散)이 정사이며, 두등시위(頭等侍衛) 반장살(班長薩)이 부사이옵니다."

청국 특사의 어려운 직책에 유생들이 고개를 갸웃했다.

정원용이 그에 대해 설명했다.

"산질대신은 명예직으로 시위처의 관직이지요. 대개 정2품 이상의 고관이 임명되며, 정원은 제한이 없습니다. 두등시위는 역시 시위처의 관직으로 종2품인 일등시위를 말합니다."

이 설명에 유생들이 고개를 끄덕였다.

명 · 청이 조선을 대하는 방식은 달랐다.

명나라는 조선이 먼저 상국으로 받들었다.

그럼에도 명나라는 온갖 명목을 붙여 진상을 강요했다. 오죽 진상의 폐해가 심했으면 금은광의 채굴을 금지했을 정도였다.

더 기가 막힌 사실이 있었다.

명은 사신으로 수시로 환관을 보내 온갖 굴욕을 강요했다. 특히 국초에는 조선 출신 환관이 수시로 찾아와 온각 패악을 부렸었다.

이뿐이 아니다.

조선 사신은 북경서도 굴욕을 당했다.

자금성에 들어갈 때는 숙소에서부터 무릎걸음으로 기어가야 했다. 그렇게 모진 고생을 해 자금성 정문인 오문에 도착한다고 끝이 아니다.

조선 사신은 오문에서 대기했다.

명나라 예부는 조선 사신을 길들이려고 황제와의 알현을 수시로 미뤘다. 그렇게 되면 사신은 다시 무릎걸음으로 숙소로 돌아와야 했다.

이런 조선 사신을 보는 명나라 백성들의 시선은 어떠했을까? 그리고 백주대로를 무릎으로 기어 다녀야 하는 사신들은 얼마나 비애를 느껴야 했을까?

이러한 굴종을 당하면서도 조선은 그걸 감수할 수밖에 없었다. 조선 스스로 먼저 머리를 숙이고 들어갔기 때문이다.

가장 큰 굴욕은 종계변무다.

명나라는 조선 태조의 조상을 잘못 기록해 놓고도 200여 년간 수정해 주지 않았다. 그 대신 그 문제를 약점 삼아 온갖 횡포를 부렸었다.

그러다 200여 년 만에 겨우 바로잡고는 공신까지 책봉하며 자축했다. 이렇듯 온갖 굴욕과 수모를 당하면서도 조선은 사대모화에 목을 맸다.

자신들이 잘못 기록했으면 당연히 수정하고 사과해야 한다. 그러나 명나라는 상국이라는 이유만으로 온갖 횡포를 자행했던 것이다.

그러나 청나라는 달랐다.

청국은 무력으로 조선을 굴복시켰었다.

국왕에게 삼궤구고두례의 치욕을 강요했으며 세자를 볼모로 잡아갔다. 더구나 50만여 명의 조선 백성을 노예로 잡아가 갖은 고통을 안겼다.

이렇듯 처음에는 굴종을 강요했다.

그러나 만리장성을 넘고 북경으로 천도한 이후에는 사정이 달라졌다. 1년에 세 번 하던 정기 사행을 한 번으로 줄여 주었다. 그러나 이도 조선이 우겨서 세 번으로 유지했다.

그뿐이 아니라 외국 사신 중 조선을 가장 높게 예우해 주었다. 그래서 신년하례가 열리는 조회에서 조선 사신은 늘

상석에 자리했다.

조선의 진상품에 맞춰 늘 더 많은 하사품을 내려 주었다. 사신을 파견할 때도 고위 황족이나 산질대신처럼 고관을 파견했다.

명나라가 환관을 보낸 것에 비해 최고로 예우해 주었던 것이다. 그렇다고 속국으로 대우하는 자체는 바뀌지 않았다.

그러나 칙사라도 명나라처럼 절대 조선 국왕에게 무례하지 않았다. 그런 전통이 이어져 이번에도 정2품 산질대신이 정사로 파견되었다.

권돈인이 설명했다.

"만주에서 발원한 청국은 우리의 저력을 가장 잘 알고 있습니다. 그래서 본국의 발전에 대해 극히 경계해 왔지요. 그런 청국이 지난 10여 년 동안 눈부시게 발전하고 있는 본국을 주목하지 않았을 리가 없습니다. 그 경계의 일환으로 특사를 파견한 것 같습니다."

정원용이 적극 동조했다.

"옳은 지적입니다. 상무사의 대외 교역이 매년 폭발적으로 증가하면서 막대한 이익을 얻은 것도 문제가 될 듯합니다."

세자는 두 사람의 지적에 감탄했다.

"역시 두 사람의 안목이 높구나. 두 사람의 지적은 편전에서 열렸던 대책 회의에서 나온 의견과 똑같다."

곳곳에서 탄성이 터졌다.

세자는 한발 더 나아갔다.

"나는 그런 지적보다 해결 방안이 무엇인지가 더 중요하다고 생각한다. 그러니 지금부터는 방금 두 사람이 지적한 문제점을 바탕으로 해결 방안을 토론해 보도록 해."

이때부터 다양한 의견이 나왔다.

그러다 김정희가 강경 발언을 했다.

"우리 조선은 자주국입니다. 청나라가 아무리 상국이라고 해도 내정을 간섭할 수는 없습니다. 그럼에도 저들이 우리의 개혁에 발목을 잡으려 한다면 절대 받아들여서는 아니 됩니다."

김유근도 적극 동조했다.

"옳은 지적입니다. 절대 물러서지 말고 정면 돌파해야 합니다."

세자가 관심을 보였다.

"정면 돌파를 한다면 어떻게 해야 하지?"

"당당히 맞서야 하옵니다. 우리 조선은 과거와 같은 약소국이 아닙니다. 지금 당장 청국과 맞싸우더라도 동원할 수 있는 병력이 10만여 명이 됩니다. 더구나 내년에는 전면적인 군역개혁이 시행됩니다. 그런 우리가 또다시 과거와 같은 굴욕을 당할 수는 없사옵니다."

대구 서씨 출신 서좌보(徐左輔)도 합세했다.

"소인도 절대 물러서서는 안 된다고 생각하옵니다. 지금 우리는 사상 초유의 국가 대사인 노비 해방을 치러 내고 있사옵니다. 이런 마당에 저들의 압박에 굴복해 개혁을 멈춘다면 조선의 미래는 장담할 수 없사옵니다."

조인영이 다시 나섰다.

"여러 학형의 고견이 지당하옵니다. 저하! 청국이 지금 같은 미묘한 시기에 특사를 파견한 이유는 오직 하나이옵니다."

세자가 질문했다.

"희경(羲卿)은 그 이유가 무엇이라고 생각하지?"

조인영이 바로 대답했다.

"내부분란 획책이옵니다."

"자세히 설명해 주었으면 좋겠어."

"청국이 지금 시점에 특사를 파견한 것은 본국의 개혁에 제동을 걸기 위함이옵니다. 그런 청국이 바라는 건 오직 하나, 본국의 내부 결속이 흐트러지면서 동력을 상실해 개혁이 좌초되는 겁니다. 청국 특사는 이를 위해 아마도 강력히 압박할 것이옵니다."

"으음!"

"그래서 저는 정면 대결도 중요하지만, 뒷공작도 필요하다고 생각하옵니다."

세자의 머리가 번뜩했다.

"뇌물로 회유하자는 말이야?"

"그러하옵니다. 살아남은 자가 강하다는 말이 있사옵니다. 우리에게는 지금 고비를 잘 넘기는 게 무엇보다 중요합니다. 그러기 위해서 수단 방법을 가리지 않고 저들을 회유해야 하옵니다. 그래야만 위기를 슬기롭게 넘길 수가 있사옵니다."

정원용도 동조했다.

"옳은 말씀입니다. 싸우지 않고 이기는 게 최선입니다. 정면 대결로 이기는 것도 좋지만, 저들을 회유해서 고비를 넘어 갈 수만 있다면 금상첨화일 것이옵니다."

이후의 의견은 대체로 비슷했다.

세자가 정리했다.

"여러분은 정면 대결보다는 회유가 좋다는 의견이네?"

조인영이 나섰다.

"그러하옵니다. 가능하다면 파격적인 뇌물로라도 저들을 구워 삶아 버렸으면 하옵니다."

이어서 그 방안까지 제시했다.

세자도 긍정적이었다.

"나쁘지 않은 생각이야. 과거였다면 쉽게 행할 수 없었겠지만, 지금은 충분히 감당할 수 있어."

세자의 긍정적인 반응에 유생들은 후끈 달아올랐다. 그리고 다양한 의견들을 내놓았다.

세자는 의견을 정리해 국왕에게 전달했다. 국왕은 유생들의 의견을 격찬했다.

그러고는 적극 반영토록 지시했다.

의주로 올라간 이만수와 통례관은 첫날부터 곤욕을 치러야 했다. 청국 특사들은 작정하고 온 사람들처럼 처음 열린 연회부터 트집을 잡았다.

이만수도 각오는 하고 올라갔었다. 그럼에도 청국 특사들의 추태에 진절머리를 쳤다.

그래도 어찌어찌 한양에 도착했다.

국왕이 모화관에서 특사를 영접했다.

모화관은 청국 사신이 오면 머무는 숙소로, 영은문 옆에 있었다. 국왕을 본 특사는 거만한 자세로 칙사로서의 예를 표했다.

그러고는 칙서를 전달했다.

조선의 국왕은 청국 황제의 칙서를 받기 위해 네 번 절을 해야 했다. 그것도 청국 사신이 들고 있는 칙서를 보고 절을 한다.

일국의 국왕으로 굴욕적이지만 그게 외교 관례였다. 예를 마친 국왕이 무릎을 꿇은 채 칙서를 받아서 읽었다.

그러고는 일어나 자리를 권했다. 청국 특사들은 그제야 감사를 표하고서 자리에 앉았다.

"먼 길을 오시느라 고생이 많았소."

정사 갈이산도 정중하게 두 손을 모았다.

"아니옵니다. 한양까지 오는 동안 대접을 잘 받아서 힘든 줄 몰랐습니다."

"다행이오. 황상께서는 평안하시오?"

"황망한 말씀이지만 그러하지 못하옵니다."

국왕이 놀란 표정을 지었다.

"병환이 중하신 거요?"

갈이산이 한숨을 내쉬었다.

"후! 황상께선 건강하시옵니다. 그러나 나라 안이 편하지 않아 늘 용안이 흐려 있사옵니다."

국왕이 걱정을 했다.

"큰일이구려. 그렇지 않아도 백련교의 반란이 몇 년이 지났음에도 잡히지 않는다는 말은 들었소이다. 그런데 팔기는 최강인데, 그런 팔기도 제압을 못 할 정도로 반군의 위세가 강성한 것이오?"

갈이산의 고개가 저어졌다.

"쉽지 않사옵니다. 만주와 몽골에 주둔해 있던 주방팔기를 전부 내려보냈으나, 안타깝게 제압을 못 한 형편이옵니다. 그래서 어쩔 수 없이 의병조직인 향용을 동원해서 막고 있사옵니다."

국왕은 내심 바짝 경계했다.

'청국의 칙사는 본래 자신들의 허물을 드러내지 않아 왔었다. 그런데 이자가 대체 무슨 요구를 하려고 이렇게 자신들의 약점을 숨기지 않는 거지?'

국왕이 얼른 말을 돌렸다.

"너무 걱정 마시오. 청국은 천하제일대국 아니오. 지금 당장은 어려워도 분명 반란을 진압할 거요."

갈이산도 웃으며 마무리했다.

"하하하! 옳은 말씀이옵니다. 국왕 전하의 바람대로 반란은 분명 얼마 가지 않아 진압될 수 있을 것이옵니다."

이후 한동안 덕담을 주고받았다.

청국 특사도 나름 노련해서 속내를 조금도 드러내지 않았다. 국왕도 그러해서 소리장도(笑裏藏刀)와 같은 대화가 한동안 이어졌다.

이어서 연회가 열렸다.

연회는 나름대로 흥겹게 진행되었다.

즐거워서 웃기도 하지만 웃다 보면 즐거워진다고 한다. 국왕과 중신들도 청국 특사도 꾸며서 웃던 웃음이 연회가 진행되면서 진심으로 바뀌었다.

그만큼 장악원(掌樂院)의 음악과 무용이 흥을 돋게 했다. 다행히 이날은 별다른 마찰 없이 흥겨운 연회로 넘겼다.

❁

모화관에서 하루를 머문 다음 날, 청국 특사가 남별궁으로 이동했다. 남별궁은 태종의 딸인 경정공주의 저택으로, 본래는 소공주택이라 불렀다.

그러다 임진왜란 기간에 선조가 잠시 거처하며 남별궁이 되었다. 남별궁에서 선조가 수시로 명나라 장수들을 접대했었다. 그 전통이 이어져 명과 청나라 사신의 숙소가 되었다.

이날 오후.

영접도감 서용보가 예조판서 이만수를 대동하고 남별궁을 찾았다. 서용보가 영접도감 도제조로서의 예를 다한 뒤 자리에 앉았다.

"모화관에서는 편히 쉬셨는지요."

특사 말투가 처음부터 날카로웠다.

"마음은 불편했지만 잠자리는 불편하지 않았소."

서용보가 유연하게 그 말을 받았다.

"그렇습니까? 기왕이면 마음까지 편했으면 좋았을 것을, 안타깝습니다."

"그거야 귀국이 어떻게 하느냐에 따라 달라지지 않겠소? 그건 그렇고, 내려오다 보니 도로를 크게 넓히고 있던데, 왜 그런 공사를 하는 거요?"

서용보가 능수능란하게 대처했다.

"의주대로는 연경으로의 사행과 칙사가 내려오는 국가의 대동맥입니다. 그런 대로를 넓히고 정비하는 건 당연한 일이 아닐는지요."

"그런 이유가 있었구려. 그런데 듣자 하니 곳곳에 길을 넓히고 있다고 하던데, 그건 또 왜 그런 것이오?"

"본국은 그동안 수시로 외적의 침략을 받아 왔었습니다. 그래서 귀국처럼 관도(官道)를 조성하지 못하고 있었지요. 그러다 이번에 약간의 재원을 마련해 길을 넓히고 있는 중입니다."

부사 반장살이 지적했다.

"조선은 이제 외침을 걱정하지 않는 거요?"

서용보가 크게 웃었다.

"하하하! 걱정은 하지요. 그러나 상국인 청국이 든든하게 우리를 지켜 주고 있지 않습니까? 왜구들은 이미 오래전부터 없어졌고요. 그래서 백성들의 삶을 조금이나마 편하게 해 주려고 이제 겨우 국도를 만드는 것입니다."

청나라를 띄우니 반장살은 더 이상 추궁을 못 했다. 그러면서도 잊지 않고 핵심을 짚었다.

"험험! 전국에 도로를 건설하려면 막대한 예산이 들어가지 않소?"

"그렇기는 하옵니다."

"가난한 조선이 전국적인 사업을 펼칠 수 있다니 놀랍소이다. 그렇게 할 수 있는 건 본국과의 교역에서 거둔 이익 때문이겠지요?"

서용보가 두 손을 모아 쥐었다.

"상국이 배려해 주신 덕분에 소국인 우리 조선이 조금이나마 기를 펼 수 있게 되었사옵니다."

반장살이 흡족한 표정을 지었다.

"허허허! 그래도 상국인 우리 대청의 공을 모른 척하지는 않는구려."

"별말씀을 다 하십니다. 우리가 어떻게 상국의 배려를 잊을 수가 있겠사옵니까?"

반장살의 눈에서 빛이 났다.

"알고만 있으면 다가 아니오. 조선은 어찌 상국의 은혜에 보답하려는 행동을 취하지 않는 거요? 조선은 지금까지 거기에 대해 단 한 번도 사은하지 않았소이다."

옆에 있던 이만수가 항변했다.

"대외 교역은 상무사가 전담합니다. 그 상무사는 교역이 있을 때마다 귀국의 내무부가 관장하는 해관에 성실히 세금을 납부해 왔사옵니다."

"허허! 이보시오, 예판. 어찌 그리 세상 물정을 모른 척하시오. 본국이 대외 교역을 승인해 준 건 제후국인 조선의 사정을 고려해서요. 만일 그런 고려를 하지 않고 제재를 가한다면 그때도 해관의 세금 운운할 수 있겠소?"

서용보가 급히 나섰다.

"부사 대인, 고정하시지요. 예판께서는 상황을 말씀드린 것일 뿐 다른 의도는 없습니다."

탕!

부사가 탁자를 손바닥으로 쳤다.

"우상은 말을 삼가시오. 내가 지금 없는 흠을 잡아 추궁하고 있다고 생각하시오?"

"그렇지 않사옵니다."

"그런데 어찌 예판만 두둔하는 거요?"

서용보가 어쩔 수 없이 고개를 숙였다.

"말이 잘못 전달되어 송구합니다."

반장살의 목소리가 높아졌다.

"그리고 귀국은 지난 몇 년간 성경부로부터 해마다 수만 필의 말을 수입해 왔소. 그렇게 수입해 온 숫자가 10만이 훌쩍 넘는다고 하던데, 왜 그렇게 많은 말을 많이 수입해 간 것이오? 혹시 기병이라도 대대적으로 양성하고 있는 거요?"

민감한 지적을 대놓고 했다.

전각의 분위기가 급격해 가라앉았으나 이만수가 오히려 항변했다.

"그건 이유가 있어서 그랬습니다."

"이유? 이유가 있어서 말을 수입했다? 그것도 한 해 수만 필씩이나? 그게 정녕 말이 된다고 생각하시오?"

"물론입니다."

"좋소. 어디 그 이유나 들어 봅시다."

"본국이 말을 수입하려 했던 까닭은 역참을 바로 세우기 위해서였습니다. 그러기 위해 필요한 말은 이삼만 두에 불과했고요. 그래서 성경장군께 사정을 말씀드리고 매각을 부탁했었습니다. 그런데 성경장군께서 봉금령에서 말을 사육하

고 있는 만주족의 어려움을 해소해 주라고 오히려 강권하셨
소이다. 그 바람에 어쩔 수 없이 해마다 이삼만 필의 말을 수
입하는 중이고요."

반장살의 얼굴이 붉어졌다. 그런 그가 헛기침을 하며 마지
못해 한발 물러섰다.

"……험! 험! 그런 사정이 있었소이까?"

"예. 본국은 그렇게 들여온 말을 관리하기 위해 해마다 엄
청난 비용을 투입하고 있습니다. 그런데도 제대로 활용 방안
이 없어 애를 먹고 있고요. 부사 대인께서도 도로 공사에 말
이 많이 투입되어 있는 걸 보셨을 겁니다. 오죽했으면 우리
가 그렇게라도 말을 활용하고 있겠습니까?"

"끄응!"

반장살의 입에서 신음이 나왔다.

그도 의주대로 공사 현장에 유난히 많은 말이 투입되어 있
는 걸 목격했었다. 그가 무안함을 덮으려고 너털웃음을 터트
렸다.

"허허허! 공사 현장에 투입해야 할 정도로 말이 많다니.
정녕 만주에서 들여온 말을 현장에 투입할 정도로 활용할 곳
이 없단 말이오?"

"그렇사옵니다. 공사 현장에는 말보다 소가 좋습니다. 그
럼에도 놀고 있는 말이 많아서 투입했는데, 아쉽지만 그런대
로 활용되고 있사옵니다."

개혁군주

서용보가 슬쩍 부언했다.

"공사가 대대적으로 커진 것도 말이 있었기에 가능한 점이 없지 않사옵니다."

이만수가 한 발 더 나갔다.

"성경장군께서는 성경 조정이 당분간 말을 매입하기 어렵다는 말씀을 하셨사옵니다. 그래서 우리에게 계속 사가라고 권하고 있어서 참으로 곤욕스럽습니다. 그렇다고 거부할 수 없는 입장이니, 지금처럼 말을 활용할 수밖에 없을 거 같사옵니다."

청국의 권유로 막대한 자금이 들어간다고 항변했다. 그런 말을 들으며 반장살의 표정이 일그러졌다.

이만수가 그 모습을 보며 안도했다.

'후우! 다행이다. 저들이 말의 용도를 끝까지 추궁했다면 곤욕을 치를 뻔했어. 다행히 세자 저하께서 이런 상황을 예상하고 절묘한 대처 방안을 만든 덕분에 무사히 넘어가겠네.'

이런 생각을 하고 있을 때, 정사 갈이산이 생각지도 않은 질문을 했다.

"만주에서 사육된 말은 최상의 군마요. 그런 군마를 적절히 활용해 기병을 양성하지 그랬소?"

대놓고 의심하는 질문이었다.

이만수가 노련하게 대처했다.

"기병도 얼마는 양성을 하고 있습니다. 그러나 우리 조선이 기병을 양성하는 데에는 한계가 있사옵니다."

"그래요?"

"만주나 몽골은 아이가 걸음마만 하면 망아지를 선물한다고 들었습니다."

"물론이요. 우리 아이들은 걷는 것보다 말고삐를 더 잘 활용할 정도요."

"하오나 본국에는 말을 잘 타는 인력이 많지 않사옵니다. 기껏해야 평안도 일부에 불과한데, 그조차도 요즘은 거의 말을 타지 않습니다. 그래서 병력을 충원하기도 어렵지요. 그런데다 기병은 관리 비용이 엄청나, 쉽게 병력을 육성하기 어려운 문제가 있고요."

갈이산도 이점은 인정했다.

"그건 그렇소이다. 우리 청국도 팔기를 운용하는 데 막대한 비용이 들어서 쉽게 병력을 늘리지 못하고 있었소."

이만수가 의도적으로 몸을 숙였다.

"상국의 사정이 그런데, 우리가 어떻게 기병을 대대적으로 양성할 수 있겠사옵니까? 천부당만부당이지요."

갈이산은 입맛이 썼다. 분명 귀는 즐거운데 정작 중요한, 발목을 잡을 단초를 잡을 수 없었다.

그래서 준비한 말을 꺼냈다.

"귀국은 얼마 전부터 신제품을 계속해서 만들어 내는 걸로 알고 있소. 도대체 어떻게 된 사정이기에 그렇게 할 수 있는

개혁군주

거요?"

서용보가 긴장했다.

지금까지는 나름대로 책을 잡히지 않고 잘 빠져나왔다. 그런데 공산품에 대해서는 자신도 이만수도 깊은 내용을 잘 알지 못했다.

그래서 세자가 일러 준 대로 설명했다.

"그 모두가 서양과의 교류 덕분입니다. 본국은 서양과 인삼 교역을 하면서, 그 대가로 저들의 공업 기술을 꾸준히 도입해 오고 있었습니다. 그렇게 도입된 기술을 연구하다 보면 한 단계 앞선 기술을 만들어 내곤 합니다."

"서양 기술을 가져다 발전시켰단 말이오?"

"전부가 그렇지는 않습니다. 허나 대부분은 서양 기술을 보강 발전시킨 것이지요."

갈이산이 미심쩍은 표정을 지었다.

"본국은 오래전부터 서양과 교역을 해 왔소. 그럼에도 새로운 물건을 만들었다는 소식을 들은 적이 없소이다. 그런데 어떻게 조선은 교역을 하자마자 연신 새로운 물건을 만들어 낸단 말이오. 그게 말이 된다고 생각하시오?"

"대국인 청국은 서양 물건을 구태여 연구할 필요가 없어서이지요. 그런 연구를 하지 않아도 좋은 물건이 쏟아지는 게 청국이지 않습니까?"

"그렇기는 하지요."

"그러나 우리는 모든 게 부족한 나라입니다. 그래서 서양 물건 하나도 허투루 보지 않고 면밀히 연구를 하고 있고요. 그런 노력이 다행히 좋은 결과를 얻게 되는 것 같습니다."

갈이산도 서양 문물은 잘 모른다. 그래서 이런 식의 설명을 해도 무엇이 문제인지 알지 못한다.

그런 맹점이 있었기에 그도 더 이상의 추궁을 하지 못했다. 이러면서 대화가 적당히 마무리되었다.

잠시 휴식을 취하고 연회가 시작되었다.

청국 사신이 조선에 오면 매일 연회가 열린다. 연회는 모화관에서처럼 국왕이 직접 참석도 하지만, 대부분 영접도감에서 주재한다.

이런 연회에는 기녀들이 참석해 질펀하게 진행되기 마련이었다. 다행히 날카롭던 대화도 기녀들이 끼어들면서 유야무야되었다.

특사들이 며칠 동안 남별궁에 머물렀다. 이러는 동안 매일 영접도감 중신들과 회담했다.

청국 특사들은 의외로 느긋했다.

거의 파견된 적이 없는 특사여서 분명 중요한 목적을 갖고 왔을 터였다. 그럼에도 이들은 여유만만 연회만 즐기며 놀기만 했다.

조선 조정은 이들이 무슨 요구를 해 올지 전전긍긍했다. 그런데 특사는 이런저런 꼬투리만 잡으려 하고, 정작 파견

개혁군주

이유를 밝히지 않았다.

그렇다고 먼저 파견 목적을 물을 수는 없었다. 자칫 그런 조급함이 빌미가 되어 엄청난 대가를 치를 수도 있었기 때문이었다.

❦

닷새가 되는 날.

세자가 국왕을 찾았다. 국왕은 여느 때와 달리 용안에 수심이 가득했다.

"어서 오너라."

"아바마마의 용안에 수심이 가득하옵니다. 청국 특사가 전날도 아무 말이 없었사옵니까?"

국왕이 고개를 저었다.

"없었다."

시립해 있던 도승지가 설명했다.

"전날도 우상과 예판께서 그들을 접대했는데, 끝내 목적을 말하지 않았다고 합니다."

국왕이 한숨을 내쉬었다.

"후! 저들이 이토록 시일을 끄는 걸 보면 단단히 각오하고 온 듯하구나."

"아바마마께서는 저들의 목적이 무엇이라고 생각하시옵니

까? 혹시 파병을 요청하려고 이러는 것은 아니겠지요?"

국왕이 고개를 저었다.

"청국 사정이 아무리 어렵다고 해도 명색이 상국이다. 그런 청국이 내란을 감당 못해서 우리에게 파병을 요청하지는 않는다. 아니, 하고 싶어도 명분 때문에라도 그리하지 못한다."

세자가 다음을 짚었다.

"그러면 전비 부담이겠군요."

"그럴 가능성이 가장 크다. 그것도 우리가 감당하기 어려울 정도의 부담을 지우려는 듯하구나."

"소자도 막대한 전비 부담을 요구하지 않을까 짐작하고 있사옵니다."

"너도 그렇게 생각했느냐?"

"그러하옵니다. 지난 10여 년간 우리는 청국과의 교역으로 해마다 많은 이익을 거둬 오고 있사옵니다. 청국이 서양과의 교역에서 얻는 수익에 버금갈 정도로요."

국왕도 알고 있는 사실이었다.

"으음!"

"더구나 북경의 공무역도 거래량이 급증하고 있는 상황이옵니다. 이런 상황을 청국의 탐학한 위정자들이 그냥 두고보는 것이 오히려 이상한 일이옵니다."

국왕이 고개를 끄덕였다.

"과인도 그런 생각을 했다. 이번 특사는 우리 조선이 부강해지는 걸 사전에 차단하려는 목적으로 파견된 듯하구나."

세자가 조심스럽게 의견을 냈다.

"아바마마, 소자가 특사를 만나 보겠사옵니다."

국왕이 펄쩍 뛰었다.

"그게 무슨 말이더냐, 세자인 네가 특사를 접견하다니! 지금까지 세자가 청국 칙사를 접견하는 경우는 책봉 때 이외에는 없었다."

세자가 국왕을 설득했다.

"아바마마, 저들은 소자가 상무사를 전담하고 있다는 사실을 알고 있을 것이옵니다. 그래서 영접도감 대신들에게 본래 목적을 내보이지 않으려 하는 것 같사옵니다. 그렇다고 아바마마께 그런 말을 하려니 체면 때문에 그러지 못하고요."

"그래서 차일피일 미뤄진단 말이냐?"

"예. 시일이 지체된다고 해서 우리 대신들이 진짜 속셈을 물을 수도 없지 않겠사옵니까?"

"아무리 그렇다고 해도 너를 내세울 수는 없다."

세자가 정색을 했다.

"아니옵니다. 협상을 유리하게 이끌려면 상대의 허점을 찔러야 합니다. 아바마마께서도 지적하셨듯이 소자가 협상에 나설 거라고는 누구도 생각하지 못할 것이옵니다. 그런 허점을 잘만 활용한다면 의외로 잘 마무리할 수 있을 것이옵니다."

세자의 말은 맞다. 그러나 국왕은 아직 열넷에 불과한 세자를 복마전과 같은 외교 협상에 내세우고 싶지 않았다.

"네 말이 틀린 건 아니다. 그러나 과인은 아비로서 나이 어린 너를 힘들게 하고 싶지가 않다."

"아바마마! 국가 대사에 나이는 아무 문제가 되지 않사옵니다. 그리고 지금처럼 기다리는 게 소자에게는 더 고통스럽사옵니다. 청국과의 교역은 소자가 제안해 시작된 일이옵니다. 그래서 협상도 소자가 직접 나서는 게 가장 유리하옵니다. 부디 통촉하여 주시옵소서."

국왕은 쉽게 결정하지 못했다.

그런 국왕을 돕기 위해 세자가 자신의 생각을 차분히 밝혔다.

"아바마마, 소자는 이번 특사 파견에 다른 속셈이 숨어 있다고 생각하옵니다."

국왕이 어리둥절했다.

"다른 속셈이 숨어 있다니? 그게 무슨 말이냐?"

"청국은 이번에 사리사욕도 챙기고 우리 조선의 발전에 발목을 잡으려 하고 있사옵니다. 그런 청국이 우리를 가장 쉽게 압박하려면 교역을 압박하면 되옵니다. 그런데도 그러지 않고 특사를 파견했다는 사실에 주목할 필요가 있사옵니다."

"으음! 노리는 바가 있다는 말이구나."

"그렇사옵니다."

"뇌물을 요구할 거 같으냐?"

개혁군주

"그도 맞을 것이옵니다. 그러나 그보다는 우리와의 교역 창구를 자신들의 입맛에 맞는 상단으로 바꾸려 하는 속셈이 있는 것 같사옵니다."

생각지도 않은 발언이었다.

"이해할 수가 없구나. 어찌 그런 사사로운 이유로 특사를 파견한다는 말이냐?"

세자가 고개를 저었다.

"사안이 그리 간단치 않사옵니다. 우리 상무사가 거래하는 상단은 두 곳입니다. 광주에 있는 이화행과, 의주 만상과 거래하는 연경 유리창의 상단입니다. 이 두 개의 상단이 한 해 벌어들이는 이익은 적게 잡아도 천은 수백만 냥이옵니다."

국왕의 용안이 커졌다.

"그 정도로 많이 되느냐?"

"그도 적게 잡은 수치이옵니다."

"허허! 놀랍구나. 허면 그런 거래를 통해 청국도 상당한 세수를 확보하지 않겠느냐?"

세자가 적극 설명했다.

"바로 그 부분이 핵심이옵니다. 청국도 그래서 우리와의 교역을 함부로 축소하지 못하는 것이옵니다."

국왕이 고개를 끄덕였다.

"저들이 손을 대기에는 교역량이 너무 커졌다는 말이구나."

세자가 크게 고개를 끄덕였다.

"그러하옵니다. 처음과 달리 교역 물건은 공산품의 비중이 현격히 증대되었습니다. 그런 공산품은 시간이 갈수록 필수품으로 변하고 있고요."

국왕이 고개를 갸웃했다.

"아무리 그래도 특사까지 파견해서 거래 대상을 바꾸려 하다니? 과인이 생각해 봤을 때 그건 너무 지나친 억측 같구나."

"그렇지 않사옵니다. 물론 겉으로는 다른 이유를 밝히겠지요. 아마도 우리가 예상하는 전비 부담을 요구할 가능성이 높을 것이옵니다. 그러나 저들이 진정으로 바라는 바는 교역 상대 교체가 맞을 것이옵니다."

"……."

국왕이 그래도 이해를 못 했다.

세자가 천천히 재차 설명했다. 그 말을 듣고서야 국왕이 어느 정도 이해했다.

"우리가 거래처를 바꾸도록 해서 대신 피를 묻히겠다는 말이구나."

"그러하옵니다. 대륙 왕조는 건국할 때는 대상(大商)들의 도움을 받았습니다. 그래서 건국 이후 그들에게 상당한 이권을 넘겨주어 왔고요. 이는 만주에서 발원했던 청국도 사정은 마찬가지입니다."

"그 점은 과인도 잘 알고 있다."

"그런 전통 때문에 청국 황실도 상인들을 통제는 하지만,

상무사처럼 직접 참여하지는 못하옵니다. 그러나 지금은 오랜 내전으로 세수가 엉망이 되어 있을 것이옵니다. 아마도 전비 부담을 못할 지경에 이를 정도로요."

"그러면 세금을 높이면 되지 않느냐?"

세자가 고개를 저었다.

"가뜩이나 민심 이반이 심한 상황이옵니다. 그런 상황에서 세금 인상은 쉽지 않습니다. 그러나 거래 상단을 바꾸는 일은 쉽습니다. 피해 상단도 둘뿐이고, 엄청난 실익을 볼 수 있고요."

국왕이 잠시 고심했다.

"네 말이 맞다 하자. 그런데 지금까지 신의를 지켜 온 상단을 어떻게 바꾼단 말이냐? 설령 바꾼다고 해도 지금처럼 교역이 잘 진행될 수 있다고 누가 장담할 수 있겠느냐?"

세자의 몸이 앞으로 당겨졌다.

"그 부분은 소자가 생각해 둔 바가 있사옵니다."

세자는 자신의 생각을 설명했다.

설명을 들은 국왕이 격하게 동조했다.

"아아! 묘안이로구나. 그런 절묘한 수가 생각하다니, 대단하구나."

시립해 있던 도승지도 거들었다.

"저들도 세자 저하의 제안을 들으면 결코 반대하지 않을 것이옵니다."

국왕이 정색을 했다.

"그런 정도의 제안이라면 우상과 예판이 해도 되지 않겠느냐?"

세자가 고개를 저었다.

"아니옵니다. 이런 일은 효과가 극대화되어야 하옵니다. 그렇지 않으면 저들은 또다시 핑계를 대면서 대가를 받아 내려 할 것이옵니다."

"흐음"

세자가 다시 간청했다.

"아바마마, 하루빨리 협상을 마무리해야 하옵니다. 그래서 국력을 집결해 개혁에 일로매진해야 하옵니다. 부디 윤허하여 주시옵소서."

세자의 거듭된 간청에 드디어 국왕의 윤허가 떨어졌다.

"좋다. 해 봐라. 허나 조금이라도 상황이 나빠지면 바로 물러나야 한다."

"명심하겠사옵니다."

❈

청국 특사들은 갑작스러운 통보에 놀랐다.

정사 갈이산이 황당한 표정을 지었다.

"세자가 오늘 회합에 참석하겠다니. 이게 대체 어떻게 된 일이지?"

부사 반장살도 연신 고개를 갸웃했다.

"그러게 말입니다. 세자가 회합에 참여한 적은 그동안 한 번도 없었습니다."

"으음!"

반장살이 손바닥으로 허벅지를 쳤다.

"대인! 우리에게 아주 좋은 징조임이 분명합니다. 아마도 우리가 시간을 끈 덕분에 세자가 나선 것 같습니다."

갈이산의 이마가 찌푸려졌다.

"조선의 세자는 총명하다고 들었다. 그런 세자와의 협상이 우리에게 득이 될까?"

반장살이 펄쩍 뛰었다.

"에이! 당연히 득이 되지요. 조선의 세자는 이제 겨우 열넷에 불과합니다. 그런 세자가 똑똑해 봐야 얼마나 똑똑하겠습니까? 더구나 세상 물정도 제대로 모를 거고요. 그런 세자를 잘 요리한다면 확실한 성과를 거두게 될 것입니다."

"허허, 그렇게 될까?"

"물론입니다."

반장살의 목소리가 낮아졌다.

"정사 대인. 어떻게 해서든 우리의 진짜 목적을 반드시 달성하고 돌아가야 합니다. 이번에 제대로 성과를 거두고 돌아간다면 의정대신께서는 분명 가만있지 않을 겁니다."

갈이산도 이 부분에는 동조했다.

"당연히 그러시겠지. 성과만 분명하다면 의정대신께서 가만있을 분은 아니지."

"예, 맞습니다. 그러니 세자가 참석하는 기회를 최대한 이용해 반드시 목적을 달성해야 합니다."

갈인산은 뭔가 꺼림칙했다.

"부사."

"예, 대인."

"조선이 우리의 속국이라고 해도 절대 무시할 수 없는 나라야. 그런 조선이 열넷의 세자를 내세운다는 건 뭔가 이상하지 않아?"

반장살의 목소리가 커졌다.

"당연히 세자의 역량을 믿어서겠지요. 그런데 대인. 우리가 아무리 부족하다고 해도 나이 어린 세자를 누르지 못하겠습니까?"

갈이산이 고개를 저었다.

"그렇지는 않지. 나도 부사도 나름대로 경륜이 있다고 자부하는 사람들인데, 나이 어린 세자를 상대 못 할 일은 없지."

"그런데 무엇을 걱정하십니까? 기세로 눌러도 우리가 이길 것이고, 나이로 눌러도 허덕거리게 할 수 있습니다. 무슨 배짱으로 열네 살이 외교무대에 나오려는지 모르지만, 이번 기회에 아예 박살을 내 주십시다. 조선의 세자를 눌러 놓는

개혁군주

다면 우리 청국의 국익에 두고두고 도움이 됩니다."

정확한 지적이었다.

이 말을 들은 갈이산도 생각을 바꿨다.

"좋아! 한번 해 보자. 총명하다는 조선의 세자의 기세를 이번에 눌러 놓는 것도 분명 우리에게 좋은 일이지. 그러고 보면 부사의 말대로 세자가 참석하는 게 우리에게 기회가 될 수 있겠어."

"예, 잘 생각하셨습니다."

두 사람은 서로를 바라봤다. 그리고 크게 고개를 끄덕이며 결의를 다졌다.

다음 권으로 이어집니다

만렙닥터 리턴즈

13월생 현대 판타지 장편소설

인생 2회 차 경력직 신입
칼솜씨도, 인성도 '만렙'인 의사가 돌아왔다!

만성 인력난에 시달리는 흉부외과에 들어온 인턴
메스도 잡아 본 적 없는 주제에
죽을 생명을 여럿 살려 내기 시작한다?

"이 새끼, 꼴통 맞네."
"죄송합니다."
"잘했어!"
"네?"

출세만을 좇으며 살았던 전생
이렇게 된 이상 인생도 재수술 한번 가자!

무대뽀(?) 정신으로 무장한 회귀 의사
이제부터 모든 상황은 내가 집도한다!

魔帝南宮 남궁마제

문운도 신무협 장편소설

회귀한 뇌왕, 가족을 지키기 위해 정파의 중심에서 제대로 흑화하다!

세상을 뒤집으려는 귀천성에 맞서 싸우다
가족을 모두 잃고 제물로 바쳐진 뇌왕 남궁진화
마지막 순간 원수의 뒤통수를 치고 죽으려 했으나
제물을 바치는 진법이 뒤틀리며 과거로 회귀하다!?

남궁세가의 양자가 된 어린 시절로 돌아온 후
귀천성이 노리는 자신의 체질을 연구하다 기연을 얻고
회귀 전과 다른 엄청난 미모와 함께
뇌전의 비밀마저 알아내 경지를 뛰어넘는데……

**가족들에게는 꽃처럼 사랑스러운 막내지만
적이라면 일단 패고 보는 패악질의 끝판왕!
귀천성 때려잡기에 나서다!**